朝鮮母像

岡部伊都子

藤原書店

〈講演〉朝鮮のみなさまへ

二〇〇三年一一月一日　ソウル延世大学にて

京都からまいりました岡部伊都子でございます。

京都というところは、朝鮮半島から渡来してきた方がたの技術とか、宗教とか思想とか、すばらしい造形、そういう歴史的現実をもってつくられた町です。

だいたい桓武《かんむ》天皇という天皇のお母様、オモニが高野新笠《たかぬのにいかさ》。そのお方の出自が百済《くだら》でした。それだから、わたしはいつも言うているのです。日本は朝鮮民族の流れを引き継いでいるのだということを。

京都の祖流は朝鮮半島です。朝鮮民族には、どんなに感謝していいかわかりまへん。

昔の『日本書紀』時代の絵とか書など、そういうものの展覧会へ行くと、朝鮮半島から来た文化、造形、それから絵が、ぎょうさん展示してあります。その絵の中には、チマ・チョゴリが描かれているのですよ。その絵を見ると、日本の着物の文化が、チマ・チョゴリから生まれたということがわかります。

ほんとうに、日本の祖先がどこか、はっきりしているわけです。

そういう文化のあるところ、そういう歴史があるにもかかわらず、日本は朝鮮半島を植民地化してしまいました。『古事記』や『日本書紀』時代の古い古い時代の歴史をふみにじって、武力で朝鮮を植民地化したのです。

無礼、無礼――無礼きわまりない。

わたくしは、一九二三年の生まれです。関東大震災の年に生まれたんです。

八〇年まえ、あの大震災のとき、朝鮮の方がたがぎょうさん殺されはった。六千人とも七千人とも言われていますが、わたしの生まれた年のことだから、これは忘れることができまへん。

感謝せんならんお国の方がたを、どうしてそういう形でひどい目にあわせたのやろか。

さらに戦争中には、強制連行ということで、いやおうなく、男性も、女性も、なかには赤ちゃんを生んだ女性まで、赤ちゃんから離して強制的に連れて行って、戦争につかったのです。

どれだけのお人が、思いもしない日本の戦争にまきこまれて殺されていったか。

そこでは、当時のわたくしと同じぐらいのお年の女性たちが、強制的に連れられて、「慰安婦」

という性奴隷としてつかわれました。

わたしは、そのころ肺結核で寝ていました。ほんまに恥ずかしいことやけど、自分と同じ年くらいの少女たちが、とらえられて、連れて行かれて、性のえじきにさせられていたということを、ちっとも知りませんでした。一晩に二〇人とも三〇人とも言われているけど、どんなに残酷な相手をさせられていたか。そんなこと、何も知らなんだ。知らされてなかったのです。

わたくしと同じ年で、いまもようやく生存しておられる女性たちが、絵を描いてはって、それが京都の東本願寺というところで、展示されていました。もう、残酷な絵でね。日本軍が女性たちを連れて行きよる。日の丸を描いた船の上で、女性たちが並んでいる絵です。それから、日本兵を木の幹に重ねて描いて、その下に寝る女性。地面は骨ばかり……。

わたしは、そういうことを日本軍がしていたとは、ぜんぜん知らなんだ。日本は「神国」で、戦争は「聖戦」――聖なる戦い。「天皇陛下のおんために喜んで死ね、死ね」という教育をされていました。幼稚園時代から敗戦のときまで。なんにも、ほんまのことは民衆の耳には入らんように、うそばかり言われて教育されていたのです。

そんな日本という国やということを、わたしたちが知ったのは、戦争に負けてからやった。

ほんまに恥ずかしいですね。恥ずかしいことを、いっぱいしています。

ほんとに、どうおわびしていいか……。ほんとに、くりかえしておわびしても、おわびのしようがありまへん。

戦争が終わったころは、日本中どこもかしこも焼け野原でした。原爆を落とされたヒロシマ・ナガサキはもちろん、ほかの都市もほとんどアメリカ軍の空襲で焼けてしまいました。わたしの許婚《いいなずけ》の木村邦夫という人も、沖縄戦で戦死したし、わたしの家も、木村の家も、大阪でしたが、丸焼け。

でも、戦争が負けて終わったから、ほんとうのことが知ることができたんや。政府はうそばっかりついてたから、大本営発表いうて、勝利勝利と言われとった。なにが勝利か。悪いことばかりしてよるのに、民衆にはなにひとつ知らされませんでした。

大阪の真中に生まれて、二二歳で戦死したわたしの許婚が、わたしと婚約して初めてふたりきりになれたときに、姿勢をただして、こう言いました。

「この戦争は間違っている。こんな戦争で死にたくない。天皇陛下のためになんか死にたくない。きみやら国のためになら喜んで死ぬけれど」

当時は、うっかりそんなことが周囲に聞こえたら、獄に入れられる時代でした。とくに彼は、すでに見習士官になっていましたから。だけど、許婚のわたしには、はっきり言うておこうと思うたんでしょうね。ほんまのことを言わはった。

だけど、そのころのわたしには、彼の言葉の意味が理解できなかったのです。天皇陛下のために死ね死ねて言われていて、だから、わたしも死なんならん、死なんならんと思い込まされていましたから。

「わたしだったら喜んで死ぬけど」

と言うて、彼を戦地へ行かせてしまいました。

一九四五年八月一五日、敗戦の日のことを、わたしはよくおぼえています。お昼に戦争が終わったということをラジオで放送されて、そのとき住んでいた家は海辺でしたから、近所の人たちもみんな海辺へ行って、海をながめながら、しーんとしていました。

その海の流れていく先に、どんな国がありますか、どんな不幸がありますか。

海は全世界を流れとる。そのなかで不幸がいっぱいある。遠くへ行くに行けないけど、どこかで生きているか、あるいは死んでいるか、わからへん人を想うて、みんな、ものが言えなんだと思います。一言もしゃべらんと、しーんしーんとしていました。

それで、夕方になったら、満月のお月さんが出ました。忘れられない光景です。

あの敗戦のおかげで、わたしたちは、ほんとうのことを語りあうことができるようになったんですよ。それまではきれいごとばかり、ほんまのこと言うたら罪になるんよ。殺されるかわからへん。ほんまにゆだんもすきもない、恐ろしい時代でした。人間が人間でなくなる時代でした。日本の国民全体が、人殺しを「是」としていたんだから。戦争を支持していたんだから。支持しなんだら、獄へ入れられるんだから。

もう、あんな自由のない、めちゃくちゃな、号令一下の時代はいやです。絶対反対です。

強制的に植民地化された朝鮮半島では、みなさん創氏改名させられてしまいました。コリアの方たちは、どんなにご自分のお名を大事にしてはったか、それをわかっているのに、日本の名前に変えろという、めちゃくちゃなことをさせました。

日本の皇国臣民であるという証拠に、名前を変えろと言われ、皇国の臣民であるということを、学校でも繰り返しとなえさせられた。それから徴兵される。学徒兵にされる。

もう、あんな無礼なことは許されん。

あの敗戦で、コリアでは、みなさんが「マンセー、マンセー」と言って喜ばれました。それは、どんなに大きな喜びだったことでしょうね。

だけど日本が、朝鮮全域を植民地化していたために、こんどはアメリカとロシアが北緯三十八度線をつくって、分断してしまいました。

尹東柱《ユンドンジュ》さん（一九一七―一九四五年）という詩人がおられました。

彼が美しい心でうたった詩を、ただハングルで書いたという理由で、日本の政府は、尹東柱さんをつかまえました。そして獄へ入れたんです。それで、尹東柱さんは獄中で亡くなってしまいました。美しい美しいハングルを奪って、そのハングルですばらしい詩を書いた尹東柱さんをつかまえて、二七歳で殺してしまったのです。

いまさっき、この延世大学構内にある尹東柱さんの碑のまえへ連れていっていただきました。もう、おわびよりほかに言う言葉がありませんでした。

尹東柱さんの『空と風と星と詩』（影書房）というご本が出ているのですけど、あの方は、六畳の部屋を借りて、これは京都の同志社大学の学生のときでしょうね、そこで詩を書いてはりました。「たやすく書かれた詩」（一九四二・六・三）の終わりのほうを、少し読みます。

六畳部屋は他人《ひと》の国
窓辺に夜の雨がささやいているが、
灯火《あかり》をつけて　暗闇をすこし追いやり、
時代のように　訪れる朝を待つ最後のわたし、
わたしはわたしに小さな手をさしのべ
涙と慰めで握る最初の握手。

自分をいたわった、自分を自分でなぐさめずにはいられない六畳部屋の「他人《ひと》の国」だったんですね。

（伊吹郷訳）

北緯三十八度線はまだ消えない。その現実は苦しいけれども、それを超える太陽をもちたい、つくりたい。だって、世界中に、いっぱい人がいるじゃない。いろんな民族がある。いろんな文化がある。いろんな歴史がある。もうそれこそ、一人ひとりの人生がある。みんな一人ひとりの人生や。宗教かて、みんなちがう。

ところがいまでも、宗教で対立したり殺しあったり、そういう現実が世界のあちこちでみられます。もう、そんなことやめてほしい。みんなが愛しあわなければならない時代ではないかと、そう思うのです。

このあいだ、中国の蘇州から来られた方があって、その方は美しいお声でお歌を歌われるのですが、わたくしのところへ見えて、応接間でいちばん先に歌ってくださった歌が、「宵待草」という竹久夢二作詞の歌でした。

「待てどくらせど来ぬ人を……」という歌です。

わたしは、李広宏《りこうこう》さんという、そのお方に聞いたんです。

「日本は中国でものすごく悪いこと、してきたではないですか。ひどいこと、残虐な残虐な人殺しをいっぱい中国でしてきた、そやのに、なんで日本の歌なんか歌いはるの」

そしたら、李広宏さんは、言わはりました。

「ぼくは、いま四二歳だけど、ぼくが一二、三歳のころに、それまで日本はいやな国、おそろしい国と思っていました。悪いことばかりする国だと思っていました。ところが、上海のラジオから日本の音楽が流れてきたのです。言葉はわからないけど、メロディが「夏が来れば思い出す……」という、『夏の思い出』というミズバショウの花の曲だった。その曲を聴いて、こんな美しい曲をつくる国だったのか、自分がいやでいやで恐ろしい国と思っていたけど、こんな曲をつくることもした国だったんだということを知って、それから、日本の歌を歌うようになったのです」

こう言わはりました。

中国の方がたにも、日本の軍隊がどんなに恐ろしい残酷な目にあわせたか。

毒ガスなども、いっぱいつかった。そのころ埋めた毒ガスが、まだそのままにしてある、いまでもですよ。だからうっかりしたら、いまでも殺されてしまいます。

二〇〇三年八月にも、チチハルで四三人の死傷者が出ています。旧日本軍が中国で捨てたままにしている毒ガス弾の影響で。

二〇〇〇年になってようやく、七〇万発とも言われる捨てた化学兵器を、日本がなんとかせんならんと努力することになったそうですが、そのことをわたしたちにはっきりさせたのが、戦争がすんで五〇年もこえたいまごろなんです。

日本は、いままた、恐ろしい国になりつつあります。戦争ができる国にしたいという政府の動きがみられます。有事法制というて、戦争をすることを可能にする法律が、日本の議会で決められてしまいました。

小泉純一郎首相は、アメリカがイラクを爆撃したとたんに、そのアメリカを支持すると言うた。国民になんの相談もなくですよ。ほんまに恐ろしい支配者です。

そして、ブッシュ帝国やといわれるけれど、ブッシュは世界中を支配したいと考えています。そんなことは許せん。

いま日本の憲法は危機にあります。戦後の平和憲法では、第九条で戦争をしないという条項が入っています。

「日本国民は、正義と秩序を基調とする国際平和を誠実に希求し、国権の発動たる戦争と、武力による威嚇又は武力の行使は、国際紛争を解決する手段としては、永久にこれを放棄する。前項の目的を達するため、陸海空軍その他の戦力は、これを保持しない。国の交戦権は、これを認めない」

こうはっきり書いてあるけど、いったい日本には軍隊がどれだけぎょうさんいるか、知ってはりますか。ほんまのことは、国民にも知らされていません。だけど、陸軍も海軍も空軍も、ぎょうさんいますがな。

いま、日本という国を、戦争のできる国にしたいという政府の思惑、それはアメリカに追随するということです。平和憲法をもっていたら、政府は困るのです。だから、憲法改悪を考えとるのです。平和憲法をなくして、戦争の可能な憲法にかえようというのが、いまの政府の方向です。

アメリカのイラクに対する爆撃をテレビでみたときに、わたしは第二次大戦中のアメリカによる大空襲をありありと思い出しました。あのようなことは、ほんとに許してはならない。

イラクの人びとは、なんにも悪いことはしていないのに殺され、子どもたちは逃げるところがあらへん、はだしで流浪してはる。イラクの民衆は、米兵は帰ってくれ、戦争はしないでくれと、たたかってはります。

一昨日、わたしは板門店《はんもんてん》ちかくまで連れていっていただきました。イムジン河《ガン》にそって、鉄条網がずらっと張ってあるのですね。アメリカの銃をもった兵士がふたり一組で、警戒して立っていました。

ほんまに、はよう北と南、差別をこえて、境界をこえて、ひとつになってもらいたいな。あんな、あんな、外国の兵隊に脅迫されるようなことはいやや。いやや。

尹東柱さんもそうですけど、やはり詩人でおられる金《キム》時《シ》鐘《ジョン》さんも、美しい美しいハングルを奪われて、日本語を強いられました。しかし、その自分のものになった日本語で、在日のみなさんがたの魅力を書いてくれてはります。在日のみなさんのご苦労をおもうと、胸のいたいことばかりです。日本に強いられた日本語で日本の悪を指摘される金時鐘氏を、尊敬しています。

いまでも、日本は、在日のみなさんに参政権をあたえていない。指紋押捺を強要している。ひどいことです。そのうえ、チマ・チョゴリを着ていただけで、ひどい言葉をあびせられたり、ドレスを切られたり、そういうことがニュースになることが多いのです、いまでも。

さらに、南と北との対立があって、いろいろとご苦労が多いことですね。

戦争を可能にした法律に反対するという若者たち、それから在日の方がたのネットワーク。

「民族差別強化に反対！　有事法制ゆるすな！　アメリカのイラク戦争、イラク占領、支配を阻止しよう！　日本の出兵をやめさせよう！」

これはもう、すべてのみなさんへの呼びかけです。誰それにということではなくて、みんな一人ひとりが、そう思わんといかんという時代や。

わたしたち日本人も、人間でありたいんです。まともな人間でありたいんです。世界の人間たちと仲良しの、人間でありたいんです。

だから、ぜったいに二度と戦争は起こさないというたたかいをしつづけます。わたしなんかが、ひとこと言っても、書いても、なかなか力にならないかもしれまへん。

けども、若い人たちも、たたかっています。あっちでもこっちでも、たたかっていてはります。みんな、それぞれはなれればなれなところにいても、仲間がいてるということを力にして、わたしは、いのちが絶えるまで、言いたいことを言いつづけます。

日本人はまともな人間であってほしい。自分もそうなりたい。人類全体みんなが、いっしょに仲良く人類愛を味わえる、そういう世界にしようではありませんか。

わたしは、そういうふうに言いつづけます。

つたない話を聞いてくれはって、どうもありがとうございました。

朝鮮母像

目次

II　鳳仙花咲く……………………………一九八一―九〇年　101

III　悲しみを「忘れじ」…………一九九〇―二〇〇四年　151

朝鮮母像

題字　岡本光平
カバー画　赤松麟作
扉画　玄順恵

I

朝鮮母像…………一九五八―八〇年

桃の節句

今日は桃の節句だ
みんなおひなさまをかざって
たのしく一日をすごすのだ
私はおひなさまの一つ
だいりさまさえもっていない
一どでいいからかざってみたい。

（福山春子）

これは韓国の出身者である小学校六年の女のお子さんがよんだ詩の一節です。
この女の子は豪華な金らんどんすでつくられた雛人形ではなく、お友だちの家に飾ってあった、ほんの小さなこけしのおひなさまにさえ、限りない美しさを感じて、一度でいいから飾ってみたい、とおねだりするのです。

でも、お父さんはこわい顔をして「朝鮮人にそんなもんいらん」といって叱りました。

女の子は「朝鮮人はいやだナァ」とかなしくなってしまいます。でも、級全体のことを考えたって、みんながみんなお雛さまを飾られはしまい。一生けんめい働いても、おひなさまを買う余裕もないのが、今の世の中のあたりまえのことかもしれない……と、まるで大人のようにしっかりとあきらめます。

でも昔、朝鮮は日本のふるさとだったと申します。「朝鮮人」などという差別意識は忘れて、みんながおひなさまを飾れる豊かな生活をもちたいものでございますね。

叡知のひと

橘寺　日羅像

聖徳太子に大きな影響を与えたといわれる〝火葦北国造《ひのあしきたのくにのみやつこ》阿利斯登《ありしと》が子、達率《たつそち》日羅《にちら》〟の像。世にあまり大きく知られていないようだが、敏達《びだつ》天皇に重く用いられて以来、同時代の皇族群卿にすばらしい影響を与え、リーダー役をつとめている。

日羅は日本人の子ではあるが、百済《くだら》国に帰化し、重く敬愛されていたらしい。それをあくまでもと帰国を要請して、日本の対朝鮮政策をはじめ内政のうえにも時代を導く声をきかせたのだ。

その眉《まゆ》から鼻にかけてのすっきりした三角線、人中《じんちゅう》のくぼみのすがすがしさ、まさしく叡知の位をモデルにしたものであろう。弘仁期翻波《ほんぱ》式の刀の切れ味も、みごとなものだ。

この十七条憲法から大化の改新にいたるまで、彼のいぶきがかかっているといわれるほどのひと、日羅を、いまの代に生き戻したら、どんなに南北朝鮮の分裂をなげくだろう。彼の日韓会談や、北朝鮮に対するわが国のありかたへの意見を、そっときいてみたい。

下駄の音

私は下駄が大好きである。

木の台と足裏とのやさしい触れ合い、指に力のこもる鼻緒の知恵。柾目《まさめ》を磨きだした白木の台、黒塗や根来塗の台、それぞれに好みの鼻緒をとり合わせる。太緒、細緒、びろうど、さらさ、小紋、皮……さまざまな鼻緒を選んでいると、ふとそこに、それをはくべき人の姿や心情を思う。娘時代はっきりと意識して下駄を集めて以来、今日まで数えきれない下駄を手にした。そして喜びをわかとうとして人への贈物にもした。何度もはきものについて書き、くり返しくり返し、下駄への心酔を語った。

オランダで木靴《きぐつ》を買ってきて、木靴の音と下駄の足音とをそっとくらべてみた。下駄で石たたみを歩く音は、日本の音楽だといわれていた。からかさの上に雨のおちる音、下駄の音、いまではビニール傘にビニール靴、便利ではあるが、先祖たちが自然の中でいとおしみ、使いつづけてきたよろしき風俗文化を見捨てるのは、もったいない。少ししめった土の道を下駄で踏みしめるときは、いかにも土の上を歩いている感じがする。

湯上りの素足で塗下駄をつっかけて歩くさわやかさもまた、夏の楽しみの一つである。外国の街を歩くと必ず指先のわかれた足もとをふしぎそうに見られたけれども、私は胸を張って、足もとをかがやかせるかのようにすいすいと歩いてきた。

だがその下駄が、私の大好きな下駄が朝鮮人の憎悪するものだったとは……。

「なんだ、おまえはそれがいやなのか。いや、はっはっは、そうだったっけ。おまえは、日本ということになるとあのゲタ（下駄）を見るだけでも吐き気がするといったな」

丁正浩は、それも前住者からの譲り物らしく、夕陽のさしている庭先の踏み石の上に置いてある下駄に目をやって笑った。

「そうです。朝鮮人ならあれを好きだなどという者はいないはずです」

（金達寿《キムタルス》『太白山脈』より）

ここを読んでどんな心青ざめたことか。なんと私はいい気な鈍感な人間だったのだろうか。ひとつには私自身の体験として、朝鮮人から「エノム（倭奴）」とか「チョッパリ」とかいわれた覚えがないからではあるが、それにしてもあまりにも無知無関心であったとしかいいようがない。面と向って吐かれはしなくても、どんなにか深いいきどおりとうらみ、胸の底で吐かれつづけた言葉だったのに。チョッパリという言葉さえ知らなかった私は、それが下駄をにくむ心であることなど考えてみたこともなかった。

一九一〇（明治四三）年八月二二日、日本側の軍艦による威嚇《いかく》のうちに日韓併合条約の調印が行なわれた。「いっさいの統治権を完全かつ永久に」日本に渡されたことを知った朝鮮全土の民衆は、「大地をたたいて慟哭《どうこく》」、悲痛の声にみちたというが、それからの三六年「朝鮮人はわが法規に屈服するか、死か、そのいずれかを選ばなければならぬ」ことになったのだ。

ろくに所有権が確立されていなかった朝鮮全土はたちまち土地を奪われ、生活をかえられた。日本人の高利の金を借りなければ、暮らせなかった。なかには心やさしい日本人もあったはずだと思うけれど、国策として朝鮮から収奪は徹底して行なわれた。高利に追われてどんどん没落する各家庭、ぺたぺた下駄の足音が近づくと、みんな息をのんでちぢこまった。下駄の主は高利貸しで、それがやってくると家のめぼしいものを持っていかれた。後で必ず夫婦親子が争ったり沈みきったりした。

一九六八年一月、命がけの亡命願いのあげく北朝鮮に還って行った金東希《キムトンヒ》さんの詩「もしも」も、その冒頭に、

もし
私の祖国朝鮮が
日本の帝国主義者の下駄で
踏みにじられなかったら

と歌いだしている。
知らなかったではすまされない。はずかしい。だが、知らされてこなかった。知ろうとしてこなかった。知らなかった。私の愛する下駄の音は、いばりかえって朝鮮人を踏みにじる日本帝国主義の響きであったのだ。踏みにじられる側の痛みは、言いようもない。踏みにじる側の私は、下駄の裏に何がこびりついているかさえ想像することがなかった。

小学校六年生のとき、クラスに李さんという大柄の少女が編入されてきた。李さんは長い髪を両側にわけて、三つ組みに編んでいた。にこにこといつも機嫌がよかった。お休みが多いので友人と二人で見舞いに行ったら、病気かと心配していた李さんが元気で飛び出してきた。ほんの少しの立話しかできず、そのうちにさようならをいうまもなく、どこかへ行ってしまった。郷里で住めなくさせられた人、強制的に労働者として連れてこられた人、転々と移り歩かねばならぬ流浪の生活を、だれがさせたのか。

先日のＮＨＫラジオのドキュメンタリー「二十五年目の教室」は大阪天王寺で二〇年前から始められた夜間学級の報告だった。義務教育を卒業していない人びと、中年、老年の人までが参加して勉強している生徒会の新入生を迎える歓迎会が、高さんのアリランの歌で始まった。

国を追われて鴨緑江《かわ》越えてゆくわが身
故国の山河もいま見おさめと
アリラン丘を越えてゆく

流刑と投獄、屈辱の古い民謡を朝鮮語で歌う高さんの歓迎。高さんは、「ほんまに勉強したかった。やっと地図が読めるようになった。アジアのほかにヨーロッパはじめようけな国があるのを全然知らなかった」と話していた。それまではわからなかった世界の国々の位置。高さんはおそらく大韓民国をも朝鮮民主主義人民共和国をも、ひとりしみじみと眺め、手でさわっているのではないか。高さんの声に、まざまざとおぼえている色白な李さんの面影を重ねた。元気な主婦になっていてほしい李さん。

「日本が朝鮮を統治した三六年の罪業の最大のものは、資源的なものというよりも人間の人格が損傷したということが、その最たるものだと思います。僕の損傷させられた僕の人格の最たるものとして僕は自分の国語をおしやった日本語があるわけであって、その日本語を僕が駆使するということは日本語に対する最大の復讐でもあろうと思うのです」

『文藝』一九七一年五月号座談会「文学と民族」で、詩人の金時鐘《キムシジョン》さんは語る。「世にも美しい意味と表現を持つ言葉」といわれる朝鮮語。言論、出版など民族的な表現が脅迫的に沈黙させられたのだ。「いまから日本語を使うな」といわれたら私はどうするだろう。言葉も通貨も日本色にかえられた朝鮮民衆の生活が、その不自由ゆえにいかに貴重なものを見失わされ、誇りを恥にすりかえられてしまったか。

一九一九年三月、たえかねた朝鮮民衆は「我らはここにわが朝鮮の独立国であることと朝鮮人の自主民であることを宣言する云々」の独立宣言ビラのもとに示威行進をした。そして戦争にも等しい大弾圧を受けた。この民族的抵抗への参加者はのべ二百万人、殺された朝鮮人は一〇万人にのぼるという。

かつてエドガー・スノー夫人だったニム・ウェールズの著書『アリランの歌』には、弾圧下の抗日パルチザンの姿が、金山という男の言葉として描かれている。

「私は日本内地の日本人が朝鮮に住む日本人とはひどく違うことを知ってびっくりした」

その喜びも束の間、一九二三年九月一日の関東大震災の時には、朝鮮人を恐れた者の手で罪無き朝鮮人がおびただしく殺された。

「朝鮮人同胞が虐殺されていたそのときに朝鮮本国ではすべての朝鮮人家庭が米を無料供出して日本人を助けねばならなかった」

一九四五年八月一五日に、日本は降服した。それまで幅をきかせていた軍人優越の価値観が崩れおちて、ふしぎな沈黙がわれわれを包んだのを私もはっきりおぼえている。

「日本が敗けた」。敗けるはずがないと教えられてきた神風盲信の「帝国臣民」として茫然とするばかりだった。そのとき、朝鮮のことは念頭にのぼらなかった。在日朝鮮人の運命について考えもしなかった。それまでと同じように何も考えなかった。その時刻、朝鮮では……。

まるで地の底からわき起ったように「朝鮮独立万歳《チョソンドクリプマンセイ》」を叫ぶ市民たちが市の至るところにあふれ、抱き合い踊りだす状景(『太白山脈』より)を読んで、じいわりと涙がにじんだ。そして感動のルツボが、やがて三十八度線によって南北にわけられ、ソ連、アメリカの布令に従わされることを知って驚き、また「モスクワ三相会議決定」によって連合国の信託統治を知って怒るあたりで、おさえ切れぬ涙があふれた。

三六年間の植民地時代の辛酸がようやく終わって、独立国に戻れるはずだった。それがこともあろうに他国にあやつられ、二つに分断され、敵対させられる結果となってゆくくやしさ。朝鮮民族はこうしていま大韓民国と朝鮮民主主義人民共和国の二つに断ち切られ、肉親でも逢う自由がない。

そのうえ敗戦当時三百万人だった在日朝鮮人が、現在六〇万人日本に住んでいる。日本に生まれ育って朝鮮を見たこともない、朝鮮語が話せない若人が多いのだ。朝鮮人差別にしいたげられ、その悲しみをのがれようとして日本に帰化して日本国籍を得た人もあるだろう。が、その一人、山村政明君は自殺した。「日本人からは朝鮮人として心を開かれず、朝鮮人からは裏切り者とされる」悲しみに疲れきったのだ。

祖国を知っている在日朝鮮人が二つに割れ、祖国を知らないままの在日朝鮮人がふえる。そして、朝鮮人でも日本人でもないという変な状態まで生まれてくる。かつて朝鮮人を「臣従」させ、思うがままにいじめてきた日本人たちは、戦後解放されたはずの朝鮮人に対して、さらにうらみを含んで屈折した差別をつづける。対等にならせるなんてとんでもない。暗くてずるい感じ。三国人なんて何をするやらわからない。暴力団にもよく名がでるじゃないか、と。

〝金嬉老特別弁護人〟は苦渋に満ちて言った。

「朝鮮人のくせに大きな口をきくなといわれたり、朝鮮人とわかって結婚や就職ができなくなったり、幼い時から侮辱され、いじめられ苦しんだのは、朝鮮人みんなです」

「その差別に耐えて、それでも黙々と、まじめに働いているのが普通の在日朝鮮人というものなのです」(金達寿)。

が、金さんはついに一言も「迫害する日本人に責任がある」とは言わなかった。

金嬉老も七つ名を持つということだったが、いくつも名がある朝鮮人に、ふと無気味な影を思う時がある。有名になった財界、スポーツ界や芸能界の朝鮮人が、朝鮮人であることを伏せずに堂々と名のってほしいと思う。

けれど、多くの名前を持たねば暮らせないようにしたのも、朝鮮人であることをひけめに思わせたのも、日本がしむけたのであった。そしていまも、傷つけている。

〝朝高生狩り〟とよばれる東京の高校生たちのおそろしい事件も、終業式で〝在日朝鮮人の解放教育の前進〟を求めて校長に組みついた韓国籍の生徒の自殺未遂(神戸)も、若い世代にふきでている朝鮮蔑視ゆえであろう。おとなたちに尾をひいている朝鮮人への差別意識が、日本の若者をして、またしてもまちがった、思い上がった加害者にしたのかと、ぞっとする。

どうしてそんなに朝鮮民族を劣等視するのだろう。植民地朝鮮の時代、朝鮮人は朝鮮の歴史を教え学ぶことを許されなかった。日本でも日本にとってよいように歪められてきた。ちょっと思いだしても、神功皇后の〝三韓征伐〟、秀吉の〝朝鮮征伐〟。一段低い、よくない国であるかのような表現が用いられてきた。おそらく現在も、悪気なくこの表現を使っている人が多いと思う。朝鮮人を傷つける意志など毛頭持たない「善良なる日本人」が、こうした言葉を平気で使う。そしてそれが、どんなに深く朝鮮人のこころをえぐることなのか、知らない。これは言葉の下駄のひとつだ。

『古事記』『日本書紀』などを読むと、なんとも豊かな朝鮮からの潮流があふれている。すでに先進の文化地域となっていた朝鮮から漸次渡来した人びとが、まだ国の形態をととのえていなかった時代の列島各地に住みつき、そこを開拓経営したであろうことは、容易に想像される。原住者の数も少なく、渡来者も自由に自分の天地が選べたことだろう。朝鮮人の先祖であると同時に、われわれ日本人の先祖。当然、朝鮮半島で暮らしつづけた人と、ちがう風土で土着の人間や他地方からの渡来者ととけ合って暮らした人とは、別の展開をみせる。次つぎと迎える新しい渡来者を「今来《いまき》の人」として、その最新の技術を尊びながら、風土に合った文化を育てたのだ。

三韓三国、統一新羅、高麗、李氏朝鮮と長い歳月にわたって学びうけ、贈られ、あるいは侵攻して奪ってきた文化の大きさ。仕事で仏像をたずねても、朝鮮母国の香りをもつ作が多い。

「広隆寺の弥勒菩薩《みろくぼさつ》は朝鮮からの伝来だといわれますね。どうしてあのすばらしい像に感動する同じ人が、わたしたちをバカにするんですか」

七、八年前のこと、美しき朴寿南《パクスナム》さんはわたしに問うた。そうだ。あの繊麗にして神韻縹緲《ひょうびょう》たる弥勒思惟像はソウル国立博物館の金銅製弥勒と双子のように似ている。材質のちがいか製作方法のちがいか、わたしには広隆寺像の方がずっと気高く思われるが、製作当時、同じ形の同じ面ざしの弥勒像がもっと多くつくられていたのではないか。

「わたしは祖国の弥勒菩薩をこの目で見られるとは思っていませんでした」

『日本のなかの朝鮮文化』という季刊雑誌を発行している鄭詔文《チョンジョムン》さん（弟）は、何度もこの仏像の展覧会場に通って見惚れたそうである。幼き日に両親ともども日本へ渡ってきて貧乏と差別に苦しみ通した鄭さんである。その人の心につねに去来する望郷の念の一端をみたようで、わたしは粛然とした。仏教美術を愛する教養主義的鑑賞者は、この切実の思いを知らないで見すごす。

「いちどお帰りになったら」

気軽く言った。悪かった。

「わたしたちには日本政府は出国旅行を認めていないのです」

という。朝鮮という国籍である場合、外国はもとより、ふるさとである韓国へも朝鮮民主主義人民共和国へも、旅行ができない。日本の四つの島にとじこめたままだとは……これまた知らなかった。「島囚」がいつまでつづくのかと、こちらがため息をつく。

こちらはいちいちおどろくが、ご本人たちは馴れているので淡々たるもの。だが、朝鮮の遺蹟を日本のうちに探ろうとする『日本のなかの朝鮮文化』誌は、編集者鄭貴文《チョンキムン》さん（兄）の表現によれば、「すばらしく楽しいような方法」（『文学』）での日本人との対決といえるであろう。熱心な学者や作家たちが毎号、古代に焦点を合わせた座談会や論文で創見をひらめかせてきた。「朝鮮人であることに負い目を味わいつづけ、朝鮮人から逃れようとしてきた」沈黙の在日朝鮮人に読んでもらいたいと鄭兄弟は熱望する。

日本人読者も、差別的偏見のゆえにこれまで気づかなかった問題に数多く直面する。一応「日本文化」だとされているものの中に「朝鮮文化」がいかにも多い。それは、古代文化が朝鮮によってひらかれ育てられたことの、生きたあかしである。

李朝白磁《はくじ》の肌の、あのえも言われぬやさしくまろいあたたかさは、朝鮮美女の肌であろうか。高麗青磁《せいじ》にしても、中国の青磁の厳格さとはちがった、しなやかなうるおいがある。日本各地の焼物は、奪うようにして連れてこられた朝鮮陶工によってひらかれている。ざっくりとした井戸茶碗は茶道家の珍重するものだが、これはふだん民衆がお粥《かゆ》やどぶろくをいれるのに使われていたものらしい。

徹底した収奪で朝鮮の作品は日本に集中している。美術的価値はたいそう高い。愛好家は一びんの李朝白磁を手にいれるためには、惜しみなく万金を投じる。だが、その壺《つぼ》にひそむ涙は思わぬ。そして朝鮮芸術をこよなく愛し尊びながら、現実社会では朝鮮人を見下げ、苦しめつづけている。

「だいたい大学の国文学じゃなくて国語学の講座で朝鮮語をやらないというのもおかしいけれども、国語学者で朝鮮語をやっている人がきわめてまれだというのも、学問として異常ですよ」（司馬遼太郎）

「史学についても同じような事情ですよ。学校で朝鮮史を習ったことはないし、いまの高校教科で世界史、日本史があるけれど、朝鮮史は正当な位置を与えられていない。いちばん近い国がいちばん遠い国になってしまっている」（上田正昭）

『中央公論』一九七一年四月号の座談会〝日本歴史の朝鮮観〟では、とくに民衆の交流に焦点があてられていた。日本人は、たしかに上からの号令や暗示にかかりやすい。骨まで体制的優等生である場合が多いのだ。つまり国民は、ほんのわずかの息ぬきだけあれば抵抗を諦めた。息ぬきは他を威圧する〝差別性〟ではないか。ある女性の歴史家は、

「つくづく歴史を勉強するのがいやになります。どの時代でも、あまりに支配者の思うままになってしまうので」

となげかれた。わたしがドストエフスキイの獄中記を読んではっとしたのも、わたしの心情に欠

けているものをそこに発見したからだった。

　ロシアの民衆は犯罪を不幸とよび、犯罪者を不仕合せな人とよんでいる。

　革命以前のロシア民衆の悲惨は、日本社会とは隔絶したひどさ。それゆえに民衆は互いにかばい合い、守り合わずにはいられなかったのだろう。犯罪を恐怖し憎悪し、犯罪者を嫌うばかりのわたしは、なぜそれが起るかを検討できなかった。いかなる行為を犯罪とされるのか、そのことも考えなかった。犯罪を他人事とし、犯罪者を非人間扱いにした。金達寿さんは書く。

　　私がもしこの自民族の歴史について少しでも誇りをもっているとすれば、それは十数万面の大蔵経の彫板でもなければ、また世界さいしょの活字の発明といったものでもない。それは、実に、この奴婢・農民といった最下層民によって絶えることなくくりかえされた反抗、叛乱である。これこそはこの民族の質の核をなすものである。（『朝鮮』）

　朝鮮には外国からの侵略が九三一回、李朝だけでも三六〇回あった（『太白山脈』）という。そのたびに、よく闘った。他を侵略するための軍は動かしていないが、自国を守るための闘い、民衆の抵抗は果敢であったといえよう。

「ひきあげの時、ふらふらになっていた子供の僕に食べものをくれ、かばってくれたのは朝鮮人のおばさんだったよ」

と語る青年がいた。関東大震災に朝鮮人をかばった日本人もいたし、他にもさまざまな形で相互の信愛が存在している場合はあるにちがいない。が、それもほとんど知らされない。大村収容所からの手紙で金東希さんは書いている。


他人の命をすくうために働く人が人間の中でもっとも美しいものであることをよく知りました。私は今、美しい人たちにかこまれています。だからしっかり生きようと思います。


わたしはいまでも、やはり下駄が好きである。だが、自分の感覚を大切にしながらそれに溺れぬ強い性格になりたいと願っている。そして日本の美しきものが、人を苦しめる形になることを拒否したい。

朝鮮人は深い賢さで、ときどき豊かな諧謔《かいぎゃく》に人を翻弄する。支配者への呪《のろ》いが露わでなくみちみちる。批判は諧謔の衣をまとってあらわれる。どうか、その諧謔で韜晦《とうかい》せず、わかりやすく言いたいことを言ってほしい。素直に、「日本人は朝鮮人に何をしてきたのか」知りたがっている日本人民衆が増しつつある。

あまりにも知らないことがあり過ぎる。対等の友人であるためにもかつての罪、只今のまちがいが明らかにされたいのだ。その代りこちらも自責におびえず、率直に朝鮮人への意見を言おう。

朝鮮から奪うばかりで朝鮮を愛さなかった日本人であるわたしは、下駄への憎悪を知って以来、ふしぎに落着いた思いなのだ。

（一九七一年五月）

〃妓生《キーセン》観光反対！〃

「オンナサンイリマセンカ。オンナサンイリマセンカ」——せんだって訪韓したある男性は、ひとりでホテルにもどってくると、しつこくボーイに聞かれたという。

日本人男性の訪韓には、ほとんど韓国女性との交渉がからまるそうだ。「まさか」と思う立派な紳士？方が、「まあ、この人も……」と情けなくなるような〃妓生観光〃をする実情だ。「韓国はいいよ。韓国の女はきめがこまかくて……」などと、酒に乱れると聞くに耐えない言葉が飛び出す。「沖縄や韓国へ行く男の八〇％はその目的で行くんですってね」と、女性の集まりで話題となった。

その八〇％の男性とは、私たちの夫であり、父であり、息子であるわけ。兄であり、弟であり、恋人なのですわ。日本の男たちが、こともあろうに侵略で痛めつけ苦しめた罪を悔いもせず、厚顔にも韓国の女性を……。金でいやしめる男たちが自分の身内であることを、もっと厳しく考えないと……。男性自身、日本の女には、身内の男に対するモラルがないって言っている。

朴正熙《パクチョンヒ》大統領の非常大権によって、梨花女子大生の「妓生観光反対！」デモは不可能になったかもしれぬ。しかし、「韓国女性を性の奴隷としている日本男性の性の現実を、日本女性はいったいどう思っているのか。知らないはずはないのに」という韓国女性の憤りは、海を越えてふき上がるばかりだ。

日本男性の性はどうなっているのか。弱いものいじめの加虐の姿勢。それは男性の性に対する姿勢を問わない女性われらの、女性自身の問題でもある。

（一九七四年二月）

真の美

いっかど、自分がそうしているかのように「毅然としたい」と書きながら、その言葉はいつも自分の卑怯に舞い戻ってくる。書けば書ける舞台を与えられたのに、大切な、いちばん言いたいことを書かずにしまったことが、何回もある。

自分のとうてい成しえないことを、いいかっこして語るのではないかという自責。あまりに心がたかぶっていて、しかも、その対象について充分な知識が得られぬ場合、つい、観念的にしかありえぬ自分にたゆとう。心に思いがあふれているのに口ごもり、声をのんでしまう。そして、それがいつまでも「わが卑怯」として心にしこる。

すべて、言うべきタイミングがあり、そのタイミングをのがせば、あとからどんなに声を大きくして言ったって、だめなことがある。

たしかに、心激して、判断をまちがうことが多い。いくら言いたいことを言おうとしても、自分の力が及ばぬために、とんでもないまちがいを書いてしまうことがある。引用してはならぬものを引用し、比較してはならぬものを比較し、書かねばならぬ点を落して、言わでものことを書く。一面的な、部分的な箇所しか、見えないままの場合が多い。この自分をどう制御し、どう展開させるべきか。悔《くい》のみ重なる、日々の業《ごう》だ。

すでに読まれた方も多いことであろう『韓国からの通信』（岩波新書）には、こちらの新聞報道だけではわかりにくい韓国の内情が、渦中に在る韓国人T・K生氏の筆で克明に記録されている。この通信は、一九七三年五月号の『世界』に掲載されたのが最初とか。新書が出版されたあとも、通信は『世界』に毎号連載されている。

その静かで美しい文章は、痛苦にみちた内容とともに、読む者の心にしみ通る。おそろしい朴正熙政権の弾圧が語られているのに、どうして美しいなどと感じるのか。書き手の非凡な能力はもとよりのことだが、いのちがけの通信を書く筆者の魂の美しさや、抵抗する人びとの気高さが、われわれを圧倒するのだろう。

「脅迫、連行、拷問、軟禁、盗聴、すべてのやり方が動員されて」いるなかで、数知れぬ若人が、ＫＣＩＡ（韓国中央情報局、一九六一―八〇年）や警察に連れ去られ、言語を絶する拷問をうけている。殺されてしまう人もいる。

「それでも民衆どうしは信じあえる。まだ密告したという例はない。苛酷な政治の下を生きてきた民衆の無言の連帯である」

日本の社会で、もしこういうことになれば、密告が横行するかもしれない不安がある。

日本的思考のなかには、頂点の権威や、支配権力に服従し、奉仕するのをよろこぶ精神がある。革新といわれる勢力でも、権力構造へ姿勢がむいている。「ぬけがけの功名」が得意であり、手柄である。

苦しむ民衆仲間を大切にする精神は、まだ未熟だ。日本の圧政下に、誇りのすべてをいやしめられて苦しんできた人びとの、忍従のなかにも歪まなかった美しい魂。酷薄のＫＣＩＡへの恐怖のなかにも、「民衆どうしは信じあえる」といわれる輝かしさは、まばゆい。

少女のわたしは、ひとつの小説が気に入って、その作者にも当然の敬意を抱いていた。ところが敗戦後、ある左翼の作家の年譜のなかに、その人の名が密告者として記されているのをみた。愕然とした。軍国乙女であった少女の思想が、その作品を好ませたのだろうか。その作品は、軍国主義、国粋主義をたたえたものとは思われなかったのに。わたしにはそうした本質を「読みとる」目と精神がなかった。

「戦争中に、シュール・リアリズムの詩を書く友人たちが、難解な詩をことさらに意味づけられて、特高警察に検束された。だから文字よりも、絵画を選んだ」と、ある画家が語っていた。「文字はこわい。でっちあげられる」という。

詩には詩特有のモダニズムや、メランコリーなどの強調される場合が多い。本人の意識以上に、文字が躍る。

「でっちあげ」の冤罪をこうむることは、誰だって困る。けれど、そのゆえに絵をという発想は、芸術の本質に遠いものではないか。

「両の目はおおわれ／耳すら塞がれ／舌を截られた詩人よ／語れ、全身で／夜は夜だと／闇は闇／すべての光が没落する墓場だと／語れ、語れ、ひき裂かれた体で／傷口ことごとく開かれた唇として舌として／肉体の死は瞬間の喪失／汝、詩人の死、言葉の死、魂の死、時代の死／死の死／死の死の死／死の死の死の死の死」

（「銅の李舜臣」）


とうたう詩人金芝河《キムジハ》氏の詩は、拷問でひき裂かれた傷口そのものを、唇とし、舌として、なお悪しき弾圧者を呪わずにはいられない真実が、血を流している。

金芝河氏の詩は「詩は死」の詩だ。その博学多才の力量が、ユーモアをも含めて豊富な言語を駆使した諷刺詩となる。その華麗な表現が、ときには青火のように細く痩せるほど、重苦しく沈む。


「社会が病み、感受性が頽廃することによって、美が本来の活力を失ってしまったとき、醜が芸術の前面にでる。醜は障害にぶつかった感受性の産物である。真の美はかかる醜との対立と、その解消過程においてはじめて回復するものである」

（「諷刺か自殺か」）

という金芝河氏の詩論は、美に敏感な詩人の「真の美」への希求が、むごたらしい死を覚悟の闘いにならざるをえないことを語っている。

この美への姿勢は、この国にも、また、いかなる芸術活動にも、ぴたりとあてはまるのではないか。「日本人は、どうして自分の生活を汚染する原因と闘わないのか。自国を侵略国家としないために、もっときびしく闘わないのか」という声がきこえる。

わたしたちの国日本でも、「どんな手段であっても金銭と権力を握ったものが勝ち」といった、金権汚職が当然のような印象をうける。そして自国を汚染するだけではなく、韓国をはじめ、東南アジアの各地にひどい公害をおしつけ、各国の民衆に道徳的頽廃と人間的悲惨を強いている。

韓国の悲惨に胸を痛め、タイに、シンガポールに、フィリピンに、マレーシアに、日本が汚濁の営利をむさぼることを悲しんで、それによって自分の人間的心情を証明しようとするわたしは、そも何者！　なんといやしい者であろうか。

南ベトナムでは、チュー大統領の国有地の不正取得や、米や肥料の流通機構にからまる汚職を憤る反政府運動が強まっている。毎日新聞の吉沢孝治氏は、「汚職の国の良心」という記事をサイゴンから送ってきた。

「遅れていると、多くの日本人が考えるベトナムやカンボジアの人びとは、自分の生活、身体をかけて、汚職と闘おうとしている。アジアの先進国はやはり何に対しても寛容なのかと、汚職追放集会を取材しながら、恥ずかしい思いをした」

この恥ずかしさは、恥ずかしさからの出発をわれわれにうながす。萎えようとする勇気、枯れようとする情愛、逃れようとする怠惰心……。「やさしき日本人」は、つねに加差別側にたってきた。被差別側にたつ覚悟はなくて、身を安全地帯に置いて「気の毒ね」と甘くささやく同情であった。

いま、あらゆる人間、あらゆる仕事、あらゆる立場が問われている。

「お前は、苦しめられている者の側にたつのか。支配権力の側にたつのか」

いつか、小田実氏は、「死に近い者の側にたつ」と書かれた。人間は必ず死ぬ。死なねばならぬことは歓迎できないことであるが、否応なしにみんな死んでしまう。ぎりぎり一回しか生きられぬ人生である。被圧迫者、被差別者、病者や身体障害者、貧者、子どもや老人などなど、死に近い者の側に身を置く熱い情愛が、人びとを大きく行動させる。

わたしは死に近い者として生きてきたが、「人は必ず死ぬ」とわきまえた上で、死ねば許されるような罪ならば、存命の間からいたわりたいと考えてきた。死をもってしても許せぬことは許せない。

発表する手段をもたない人びとに比べて、こうして文字を綴る自分のせめを思う。ひ弱なペンは力足りず、より苦悩する人びとへの甘えに終りがちだ。

いつの日、「真の美」にむかって直進する力がもてるだろうか。


（一九七五年）

差別と美感覚

「美を感じる」ということはいったい何か。

「美を感じる力は醜をみわける力ですよ。美醜を知る力が人間に在る限り、差別はなくなりませんよ」

差別を簡単に美醜の問題にされるのは危険だ。美であっても被差別の苦しみを重ねている場合が多い。そして「美を奪う」醜なるものが支持されている。

わたしは何をしてきたことか。自ら野蛮人として「澄んだ空気がほしい。明るい太陽、清い水を」といいつづけているうちに、すべてがおそろしく汚れてしまった。

海も土も死んだ。生存必須の要素が最高の美であるのに、汚染による人間崩壊や産物毒化への怒りが、責任者への追及に甘く、悲惨な被害者に対する新たな差別になってゆくのは、どうしたことか。

これまで二〇年近い原稿生活のなかで、専門の学問をもたないわたしは、なま身の、しろうとの、ひとりの女の、よろこびや悲しみを書いてきた。戦前の教育をうけ、戦争に協力し、敗戦で価値観を逆転させ、失敗を重ねながら生きてきた自分の心を書いてきたにすぎないのだが、それがいつのまにか「美を語る」とされていた。

日常生活のなかのささやかなできごと、人が「美」とは認めていないこと、人が忘れているようなもの、金銭にかかわらないところで人の心をうるおわせるもの。それらのことが、いつのまにか美だとされた。

わたしには富裕でなければ得られぬ美は、まことに遠い。権威によって「美」とされるものでも、実用の役にたたない美への尊敬は、あまり高くない。頑迷なまでに、自分が好きになれないものには冷淡な取捨の基準だった。

ある美術雑誌で「観光バスの行かない……」シリーズを連載しはじめた時、それはちょうど一九六〇年だったが、わたしは戦前の仏像に対する印象と同じ感動をもてなくなっている自分を発見した。

原爆の出現による、価値観、美の順序の変革は強烈である。日の光りに輝く畑の菜が美しくて素直に合掌できるのに、長い歳月、歴史の重みを通ってやっと無事に守られてきた立派な仏像が、そう美しいとは思えない。

びっしりと黒い傘がつづく安保条約反対デモのほうが、美しく思えた。

「こんな気持で仕事をつづけては」と編集部に辞退を申し入れた。その時「それで結構です。戦前と同じ印象だったらかえっておかしい。仏像の美術的価値についての紹介ならば、いくらでも立派な学者がある。率直な感想がよいのです」といわれた。それで無知と偏見をさらすことを覚悟して、わがままな仕事をつづけた。

が、それからもしょっちゅう、うしろめたさがわたしを苦しめた。

「筆を折って闘いの現場にはいれ」という声があった。悲惨の現場に身を投じて闘い、かつ書いている人びとからみて、わたしはいかに生ぬるく、いかにあやうい存在であろう。

わたし自身、戦争中は軍国乙女として戦争に協力してきた自分の感覚がうたがわしい。死を美化し、戦争を美化してきたわたしは、その考えにもとづいて大切な人間、仲間を売った。殺した。たとえ軍国教育のせいだとはいえ、あんなにまで皮膚感覚を失ったことがあるわたしは、「二度とそうであってはならない」とする気負いから、逆に対極の偏見におちいる危険がある。

とにかく二〇年前、離婚というそれまでの美感覚からいえば醜なる自己否定を通過して、はじめてわたしは、反逆を美とせざるをえない視角と心情を知った。

ありふれたことばかりを綴っていて、権力的な高価な美を語りはしなかったつもりだけれど、「美を語る」ことはよく「美への逃避」だとみられた。体制の悪と闘う勇気をもたぬ者が、美をたたえることは悪を温存することである……。

また現実の生活を描く時、それはどうしても日本の風土および風土がつくり育てた産物を描くことになる。そのゆえに「国粋主義である」ともいわれた。

機械文明による破壊汚染を憤れば、「懐古趣味、大正趣味」ともいわれた。まったく、うそ寒いことであった。

だが、誰だって美しいものに心うるおうことによって、苦しみを慰められ、生存を力づけられる。天然自然の美がいかに大きく、動物としてのわれわれを支えているかはいうまでもない。それに、わたしたちが日常生活から奪われた美、あるいは奪われてゆく美には、じっとしていられないものがあった。

貧困によって、病気によって、休息する余裕さえない重労働によって、偏見によって、差別によって、当然味わいうるはずの美が奪われ、美感覚が磨滅させられてゆく。

みんな、それぞれ自分の美を味わう力がある。その奪われたものをとりかえすためにも、「奪われた」自覚が要るのだ。美に敏感なはずのこの国の庶民だが、かつてのわたしのように体制への批判麻痺があり、大量生産によってもたらされた美の衰弱がある。

先年（一九七〇年）の万国博覧会のマークは、いったん入選した優秀作が会長の一言で破棄された。だが、それを当選としたすぐれたデザイナーであるところの審査員からも、美術界全体からも異議は申し立てられなかった。この事件が端的に示す美の歪曲もある。

経済優先、企業優先の社会では、財力が最高権力なのだ。その巨大な力のために列島は破壊され、住民全体の生存条件までも、刻々に害毒にむしばまれてゆく。

美は観念ではない。現象であり、現実である。その生産においても、享受においても、頑固な抵抗力が要る。いまや、美を醜化しつつある政治への怒りとして、美感覚は投票に直結し、市民運動に展開する。美は「選ばれた人のものだ」という偏見は自己放棄だ。美は「必要とする者のため」にあるべきものなのだ。

苦しむ者こそ、もっとも多く美を必要とする。すこやかな人間性を損傷させられている庶民自身のために、美はとりもどされなくてはならない。美は、創作や鑑賞などの芸術的存在以前のものであり、もっとも普遍的な「生活」そのものなのだ。いのちの時間を幸福感でみたす生活、それがよろこびとしての「自分の美」をたのしむ生活ということができよう。

が、美感覚確認のよびかけ、美の奪還のさけびが、往々にして差別につながる。わたしがずっと考えつづけているのは「差別と美感覚」あるいは「差別としての美感覚」をどうとらえるかである。

美感覚には二つの面がある。差別をあいまいにする面と、差別を明確にする面と。痛みを薄れさせる力と、痛みをするどく浮きあがらせる力と。あいまいにしてはならぬ本質をあいまいにする危険、痛みをおそれる弱さにつながる危険がある。刻々にであう対象をどううけとるかによって、差異を尊び、差別を許さぬ美感覚がみがかれるのではないか。

差別と闘いつづけるある男性から、こう問われたことがある。

「僕はたいていの琉球料理なら好きで食べるのですが、ヒージャー汁（山羊汁）だけはどう努力しても食べられません。こういった趣味や嗜好のちがいが、理性で説明のできない差別観になってきたとはいえないでしょうか。理屈や学問の上では、差別が支配者によってうみだされてきたことがわかっています。けれど、いくら理性でどうのこうのといっても、美意識などといったものが抜き難い差別意識になっているのじゃないか。理性だけで差別がなくなるものなら、とっくに終っていなければならないのに、現に差別は具体的に存在しています。どうしたら差別を克服できるのか、差別とは何なのかといつも思うのです」

差別者であることから解放されたいと願いつづけている者にとって、この、差別と美意識の関連は問わずにいられぬ問題である。なんとかして、ヒージャー汁を食べようとするのは未知の美味への追求である。が、それは沖縄の心を知ろうとする同化への努力でもある。差別者でありたくないとする真摯な願望からだ。が、ヒージャー汁を食べる食べないによって、沖縄差別を云々することはできないのではないか。

わたしは虚弱なわがまま者で、自分の体質からくる必然としての好みに無理をしない。どここの食べものだから、ということではなく、ほしくないものは口にしない。ほしいものは望んで食べる。

食べなくては差別だと思って食べるのは、差別を克服しようとして逆に差別に束縛されやすい。大和人《やまとんちゅ》が食べても食べなくても、ヒージャー汁が沖縄独特の風土と生活がうんだ立派なごちそうであることにかわりはない。

この問いをうけて思いだしたのは、あるカメラマンの言葉であった。数年前、在日朝鮮人の女性を含めた数人で簡単な食事をした。その時、朝鮮女性は「もろきゅう」を注文した。そして運ばれてきた皿をみて笑った。

「まあ、胡瓜《きゅうり》ですか。日本ではへんなことをして食べるんですね。わたしたちは胡瓜の中に肉をつめておいしくして食べるんですよ」

カメラマンはすぐに彼女をたしなめた。その人はベトナムをはじめ世界中の熱い戦争のなかにはいって、つねに民衆側の取材にいのちをかけている人だ。

「どこの国でもね。その国の料理には風土と歴史と、民衆の生活がある。そんな時はね。『日本では胡瓜をこうして食べるんですか』美しいですねとか珍らしいとかいって、相手の料理をたたえた上で、『朝鮮ではこのようにして食べる、こんな方法もあるんですよ』といったぐあいに披露すればいい。自分のやり方とちがうからといって、どこの国の料理をも馬鹿にしては失礼ですよ」

という言葉が、居合わせた者の心にのこった。

在日朝鮮人に対して負い目をもっているわたしは、その時とっさに彼女にそういえる力をもっていなかった。

日本の海苔の罐をどこへでももってゆくのは、自分が食べるためではなく、相手からわけてもらう現地の料理へのお礼に一枚でも口にいれてもらうためだと語った人であってこそ、国によってはっきりと異なる料理への敬意を、第一の礼として言えたのだ。ほしいものを望んでよろこんで食べたら、他の料理を辞退しても相手を傷つけることにはならないだろう。わたしが自分でもてなした場合でも、嫌なのに無理して口にされたのを知ると腹がたつ。せっかくよろこばそうと思ったのに、苦痛を強いた結果となるのが無念なのだ。

たとえ食べものが地域差をなくし、誰もが同じ料理で暮らす場合を仮定してみても、それで差別が無くなるかどうかは、はなはだ疑わしい。すでに規格食品で同一化されたものも多い。それでもわれわれは「差別したい」「人を不幸にしても自分は幸福になりたい」欲望をまで、「人間性」といった把握のしかたで甘く許している。差別は人間のいやらしい性《さが》をひきだす。勝手なもので、同じ「よう食べぬ」場合でも、相手次第でそれを差別的な評価とはしない。

その女性は、またわたしに言った。

「京都広隆寺の弥勒菩薩は朝鮮から渡ってきたものでしょう。日本の人たちは国宝第一号のあのすばらしい美しさをたたえながら、どうしてわたしたち朝鮮人を侮辱し差別するのですか」

彼女は、そういう矛盾を考えようともしない日本の仏像讃仰者への怒りを言わずにはいられなかった。いい気な日本の美感覚は、あらゆるところで差別する。

ある民芸店で、薄くきよらかな上麻をみたことがある。韓国の女性のひどい低賃金で織られたにちがいない麻の美しさに、ため息がでた。店の奥さんに「朝鮮の美しい作品を探しに何度も韓国へ行かれるのですか」ときくと、「主人は行きますけれどね。わたしは朝鮮なんか行きたくありません」と、いかにもいやそうな語調だった。

高麗青磁や李朝白磁、井戸茶碗などに垂涎《すいぜん》の好事家《こうずか》が、現実の朝鮮人を蔑視迫害する例はよくある。日本人は、朝鮮人自身よりも深い愛着だといわれるほどに、これらの作品を熱愛しつつも、その作品にこもる朝鮮の魂や力や美感覚をみようとしない。生産者としての朝鮮人をふみにじって、そのうるわしき作品を何でも奪おうとする侵略者でしかない。どうして、美しき仕事への愛着が、その仕事をする人への敬意とならないのか。人間を大切にして、より幸福になってもらおうと思わないのか。美感覚が人間観（人格）と分裂しているわれわれ日本人。これはおそろしい。美感覚は人格そのものでなくてはならない。

被差別部落への差別にも、大きく美感覚が働いている。意図的につくられた身分制度に差別され、貧困におとされ、否応なしに従事する皮革や清掃、屠場での仕事など、苦しい仕事に対する労働差別が加重される。しかし、危険な仕事や苦しい仕事ほど高く評価され、大きくむくわれなくてはならない。それが当然の労働観であり、「何を美とするか」の美意識でもある。汚なくつらい仕事をすることの美しさというものがある。

就職や進学、結婚が文字通り平等となるために、もちろん苦しい仕事からの脱却がはかられなくてはならない。だが、その苦しい仕事そのものが社会的に重要な仕事であるにもかかわらず、一方で人間の価値が旧《ふる》い価値観労働観ではかられつづけては、新しい差別がつくられるばかりだ。新鮮な価値観、人間らしい人間観が確立しないのは、敗戦にもめざめぬわれら自身のサボタージュではないか。

むかし河原者《かわらもの》といやしまれた人びとによって、数かずの日本の美がうまれた。猿楽、能、人形浄瑠璃《じょうるり》その他。京には名園が多い。その庭園の多くが、身分差別を強いられた人びとの手でつくられた。そうして吸いあげられた美は、ふたたび被差別部落に戻ってこない。奪われっ放しで、差別のみ執拗につづけられる。美を生産し育成したからといって、それで被差別の苦しみから解放されるわけではないことがよくわかる。差別者たちは美を奪うばかりで、なお差別し、圧迫しつづけるのが常套手段なのだ。

沖縄では、本土から冷酷に見棄てられていた二七年間に、尊い土地自身の美をとり戻す努力がつづいた。日本が敗れなかったら、さらにきびしい「大和化」が強いられていて、沖縄語《うちなあぐち》はもとより舞踊、芝居、神祭りなど独自の文化は、すっかりほろびてしまったにちがいない。アメリカ占領軍には数えきれぬ非人道的行為があった。その人権なしの苦境のなかで、沖縄は沖縄をとり戻した。

今度の復帰によって、ふたたびその「沖縄自身」がおしひしゃげられ、本土化を美徳とする「目標」で、すばらしい魂と力と美感覚を歪められるのではないか。被占領下に脈々とよみがえった沖縄の文化は、「本土志向」の文化ではない。「沖縄自身」の文化であるのに。

美、および美感覚を差別から解放するためには、土着の美をよりどころにしなくてはならぬと思う。おのおのの独自の歴史と風土・生活と、自己の思想や感受性からくる希求と。それらを土地自身の美、自分自身の美として、そこによりたつの気概をもちたい。

自覚を通してよりたつ場合、一見他者と同一のものであっても借りものではない。あくまで自己が生きて在る自立の美なのだ。日本のどの土地も、世界のどの土地も、それぞれ土着の美に生きることが、自己を自己としつつ、同時に差別を越えてゆく道ではないか。

ちがいはちがいである。好きなものは好き。自分の好悪をこえている。それはその土地の尊ぶべき力である。互いに大切にし合い、尊敬し合い、影響し合うものとしての土地の美を、しっかりとはぐくみ荷《にな》いたい。それが抵抗や自由や解放の力の基礎となる。日本の各地に在る土着の美が、その土地の美であるとともに日本の美であるにひとしく、日本の美は地球の共有すべき美である。

世界各地の美はすべて、人類全体のよろこびである。大国や、中央や、権力や、財力や、暴力によって奪われぬ美を、われわれ自己の美とすることで、人間性と美感覚とがひとつになりうるのではないか。そこでやっと、非人間化への抵抗の力が、論理だけではない生身の美感覚としてうまれてくるのではないか。

美感覚によって拒否せねばならぬ醜悪は、すでに濃密にわれわれの周辺を、世界を、侵している。差別としての美感覚を、連立としての美感覚に昇華することをいそがねばならぬ。これは感受性を左右する思考の責任だ。

高貴な匿名の書

売り出されたその日から、たちまちベスト・セラーになった『韓国からの通信』（岩波新書）は、ともすると自己の責任を忘れがちな日本のわれわれに、すさまじい韓国内の弾圧政治の様相と、その中のみごとな民衆側の闘いとを告げる。いのちを賭した尊い文章である。

韓国民衆の悲惨と痛苦の状況をよく知りながら、韓国政府を支援し、黒い癒着を明らかにみせているこの国の権力。そのことを見ようとしてこなかった民のひとりとして、『ある韓国人のこころ』『日本人と韓国』（鄭敬謨著）とともに、読まずにはいられない『韓国からの通信』である。

新書版であるありがたさ。何冊も求めて人におくる。同じ心の人が多いらしく、「音楽会で音楽の話ばかりしていた知人から、『これだけは心をこめて読んでほしい』といってこの本をおくられた」と、姪がでんわをかけてきた。それまでも尊敬していた知人だったそうだが、この真剣な書物のぷれぜんとに、「ずっと心が近くなった」という。

真実は、いかなる障害のなかにも透き通り、清澄に人をうつ。真実に触れることは、他に代え難い感動である。渦中に在って、多様な状況を克明に把握でき、それを明確に方向づけ、静かに物語る存在。雅号・ペンネーム・変名などの著書はあるが、頭文字だけで著されたこのように貴重な書物は、これまでにみたことがない。それも、外国人の匿名の書だ。

この場合、匿名でなければ絶対に発表できない必然性が、重く沈んでいる。匿名であることによって、この文筆の闘いがかろうじてつづけられうる。もし匿名でなければ、たちまち詩人金芝河氏をはじめとする文筆家と同じ運命となって、この通信は存在しえない。金芝河氏ほか多くの人びとの場合と同じく、われわれは、T・K生なる存在を助けることなど、できはしない。そのいのちがけの報告によって、日本の迷妄をぬぐい、魂をめざめさせてもらうのみ。匿名にしなくても身の安全が保障される状況をもたらすために、われわれはどうすればよいのかを問われる。

家にとっている大新聞は、匿名の投書を認めていない。「身もと確かな者」が、「身分を明らかにして」「正々堂々と」書くことが要求される。名を書くに書けない立場の者は、声をだせない。武士風の「名のり」を正義とした思考が、いわば「名ある者」にのみ重点を置いた、支配者の思想であるとはいえないだろうか。

もとより、匿名にはさまざまな場合がある。われわれの周囲には、匿名にかくれて人を中傷し、責任を転嫁する、利己的な匿名が多い。匿名をよしとすることは危険だ。卑劣な魂によって使われると、人を傷つけ、判断をあやまらしめる。けれど、民衆を圧殺するものに対するぎりぎりの直視が、絶体絶命の匿名を必要とする。卑劣な匿名とはまったく質を異にする高貴な魂が、『通信』のなかに鮮やかに息づいているのだ。

「ウチナー（沖縄）の新聞で、いま一番面白いのは投書欄だってさ。（中略）特に〝匿名希望〟だというんだな」（『青い海』三六号）

という一節を読んだ。沖縄の新聞では、投書に住所氏名を書くが、匿名希望の場合は、理由を書くと、それが認められている。だから、核について、自衛隊について、政治について、公害について、国家について、大和世《やまとゆ》について……活発で歯に衣をきせぬ本音の意見がみられる。

閉鎖性の強い女性も、心にわだかまることを書いている。こちらの紙面ではあまりみられない、激しい権力批判、抵抗がある。「なぜ匿名にするか」と反発される場合もあるが、多くの場合、匿名にせずにはいられぬ理由が推察できる。

匿名原稿の執筆者、および編集者には、苦しむ民衆の念を念とする、自らにきびしい姿勢が要る。誠実な情愛と、解放への志のないところに、純粋なる民衆精神としての匿名活動はありえない。『通信』は、沖縄でも、熱い思いで読まれているにちがいない。

（一九七四年一〇月）

黄の屈辱

一九七五年六月、シュレジンジャー米国防長官は、朝鮮民主主義人民共和国への敵意をはっきりとあらわして、核兵器使用の可能性を語った。

ある在日朝鮮人は、

「巨大なアメリカが核で脅迫せずにはいられないほどの力を祖国がもっていることを誇らしく思います」

といった。まったく、朝鮮の自主的統一を願う世界の輿論《よろん》に反して、破滅に直結する核兵器の使用をいうアメリカのやりかたには、地球的ボスのあくどさを感じさせられる。

ベトナム戦争で犯したあのひどい罪悪、自国の道徳的廃亡から、アメリカの権力者たちは何も学ばなかったのであろうか。ベトナム人民に敗北したにもかかわらず、北朝鮮で核を爆発させるなどと、よく言えたものだ。

「北も南も、同じ朝鮮民族です。韓国民として、どうして同胞の頭上に核が落されるのをよろこぶことができましょう。それは南の民衆を殺すことでもあります。いったい、朝鮮民族を何と思っているのか。アメリカ人は黄色人種を人間だとは思っていないのです。だから、そんなことが言えるのだ」

と、暗涙にむせんで話す韓国籍の友人もあった。テレビで、ベトナム人を人間とは考えていないというアメリカ兵の言葉をきいたことを思いだした。

シュレジンジャー国防長官の来日に、日本のなかでもっとも早く、また強く、反対を表明し、県民大会をひらいて行動したのは沖縄である。沖縄には、朝鮮半島での軍事活動を目標に日々訓練し、待機している米軍がいる。核兵器や毒ガスがあることは半ば公然だ。

一九四五年の沖縄での戦争で、戦死者は米軍一万二千人、日本軍六万六千人、そして住民が一三万人といわれる。沖縄人《うちなんちゅ》がなめさせられた戦争による惨虐と差別による不幸とは、「友軍」日本軍からうけた恐怖とともに、その心身にしみついている。だのに、ベトナムへの出撃基地とされ、その痛みに苦しんできた。米軍の韓国への出撃基地にされたくないと絶叫している。シュレジンジャー訪韓につづく来日に対して、本質的な危険を直感したのだ。

日本人は、黄色人種である自己を、世界的俯瞰において把握する視点が少ない。そのくせ、日本を「神州」として他の東洋民族を蔑視し、欧米の白人に媚びる。原爆が日本に落されても、なお、これを「戦争のため」あるいは「より大きな犠牲防止のため」あるいは「戦争終結をうながすため」といった意味づけにとどめている。

ああそれは偶然ではない、天災ではない
世界最初の原子爆弾は正確無比な計画とあくない野望の意志によって
日本列島の上、広島、長崎をえらんで投下され
のたうち消えた四十万のきょうだいの一人として
君は死ぬる

峠三吉の『原爆詩集』に納められた「その日はいつか」の一節だ。的確な詩人の目が、透明に真相をとらえている。峠三吉がはっきりと、原爆が落されたのは黄色人種の上であるという自覚を告げていることを、もう一度考えたい。

生き残っている人びとでさえ
まだまだ知らぬ意味がある、
原爆二号が長崎に落されたのは
ソヴェート軍が満州の国境を
南にむけて越えつつあった朝だったこと

数年あとで原爆三号が使われようとした時も
ねらわれたのはやはり
顔の黄色い人種の上だったということも。

一九五一年八月の平和大会に、ガリ版刷りで出されたというこの詩集には、心をえぐる悲惨な被爆状況が描かれていた。しかも、原爆投下の決断が、アメリカのソ連に対する優位を急ぐ政策からであったこと、人種差別の「屈辱」をも重ねられていることが指摘されていた。

ふだんの生活に、いちいち自分が黄色人種であるという意識をもたない。だが人類には多様な色の肌がある。同じ肌色の東洋人に対して仲間意識をもたず、つねに白人側に立って見下し侵害してきたこの国は、白人側からのおそるべき迫害を、まともに迫害とうけとらないほど、神経が肥厚しているのではないか。

北朝鮮で核を使用することがありうるという発言は、またしても黄色人種を蟻のように踏みつぶそうとしている姿勢だ。それは、わたしども全体への侮蔑にみちた迫害であり、人類への犯罪だ。「自由が鎖につながれ」ていることさえ自覚しないで、日々の安泰と享楽とをよろこんでいるわたくしどもをみて、三吉の魂はどんなに深い憤りにうめいているであろうか。さすがに韓国の野党から「韓国からの核撤去を」の主張が表明された。当然である。

また戦争へ追いこまれようとする民衆の
その母その子その妹のもう耐え切れぬ力が
平和をのぞむ民族の怒りとなって
爆発する日がくる。

彼はその日こそ、死者の屈辱が国民の涙で洗われ、原爆の呪いのうすれる日だという。

ああその日
その日はいつか。

（一九七五年一一月）

鏡の主体

秋の心と書けば愁《うれい》だ。

「あの人には愁がある」という表現で、余情を曳《ひ》くたたずまいが語られるのをきいた覚えがある。またある女性に、「娘時代の愁がなくなって明るくなったなあ」と、幸福そうな様子をよろこんだこともある。

だが、その人自身に何がどうとらえられ、考えられていることか。それは、「語らざれば双眸《そうぼう》愁なきに似たり」で、わからない。

まこと、語らざれば、そのもの思いは他者の知るべくもないせかいだ。また語らざれば、自らの火とはならない。ある美しい女性と知り合って、その人が「韓国籍をもつ者です」といわれるまで、わたくしは日本女性だとばかり思っていた。日本人のなかにも、日本的なものを愛さない人びとが多い。だがその人は、優雅な姿に好みのよいきものをきっちりと着こなし、典型的な日本情緒をかもしだしていた。

油絵の勉強に日本名を記しているという女性もある。

「就職しているのですが、もちろん日本名です。本名を名乗ったら、自分のやりたい仕事ではどこも雇ってくれません。わたしは京都で生れて京都で育った京都人なのに、京都をわがふるさとだとは言わせてもらえないんです。見たこともない国が、ふるさとになるのです」

本名を名乗らぬままに、日本人から日本人だと思われてつき合っている在日朝鮮人の胸は、どのように苦しく、たちさわぐことが多いだろう。日本人は相手を日本人と思い込んで、平気で朝鮮差別の言葉をはく。そのたびに、聞くほうの胸は鮮血にまみれる。しかし、そこで顔色を変えて抗議をすれば、仕事の場がつづくかどうか保証されない。

先日、自主上映の「異邦人の河」を観た。李学仁監督の下、韓国籍と朝鮮籍双方の在日朝鮮人と日本人とが協力して作った映画だ。

在日朝鮮人の若者同士がめぐり合ったが、日本名を名乗る青年を、少女は日本人だと思う。日本の国の中では、朝鮮人が朝鮮人と出会うことさえむつかしいのだ。日本人と朝鮮人との間だけでもたいへんな歪《ゆが》みなのに、南と北とに分裂させられてしまった朝鮮半島の苦悩が、そのまま在日朝鮮人のせかいを複雑に分解させ、きびしい状況に苦しめている。結婚、恋愛、就職、就学。生活のあらゆる場に、同じ朝鮮民族が互いの素姓や本心を知らずに暮らし、さらに、日本側の差別をからめた息づまる状況が存在している。

これらの状況がどうしてできたのか。

武力で威嚇して調印させたという「江華条約」（一八七六年）、ひきつづき強引に行った「日韓併合」（一九一〇年）以来の日本の植民地政策によって、貧困におとしいれられた朝鮮民族に、日本語と日本名とが強制される。

「朝鮮人はいくつ名をもっているのか。気持ちが悪いね。日本名を表札にはっている人もいるよ」と非難する人がある。それは日本国が強要した結果であるのに。

「日本軍」として戦争に追いやられ、強制連行された炭坑で働かされ、その生活の苦渋は、われわれ日本人には想像もつかない受難のつづきなのだ。

「日本人は長いあいだ朝鮮人を差別し、苦しめつづけてきました」というと、「わたしは朝鮮人を差別したこともないのに、なんで差別したといわれるのか」と怒る人がある。

先日、中年の女性が女学校時代の同窓会を計画し、そこへ参加してもらいたいと、旧友の在日朝鮮人にでんわをしたら、「あんたら、昔あんなにわたしをいじめて」といわれたそうだ。「わたしはいじめたこともないのに、なんでそんなことといわれんならん」と腹を立てたという。ところが、別の同窓生は、その話をきいて、「うちはいじめた」といったそうだ。

「ようやく、いじめられたうらみを口に出していえるようになられたのね」というと、「うちは絶対いじめてへんのに、やっぱり連帯責任て思わんならんのやろか」と納得のゆかない面持ちである。

「異邦人の河」の終了後、「あないに朝鮮が見たいのやろか。見たいのやね。可哀想やな」と、心底同情した口調でいわれる。

日本の差別と貧窮の生活に疲れ、愛する夫を黒い手に奪われて自殺した母の骨を、韓国をのぞみ見る対馬《つしま》へ持っていって、「見なさい！」と骨箱を捧げる少女。

「それは見たいはずよ。どんなに見たいことでしょう。でも、それを見られない状況にだれがおとしいれたのか。それを考えると『可哀想』なんて、とてもいえないわ。自分が人の胸を突き刺しておいて、相手が痛がると『可哀想に』といっているような気がします」

否応なしに「日本人」とし、さんざん利用した日本。敗戦と同時に日本はその責任をとらない。かつての残虐な対朝鮮人施策を思い、現在、出入国管理令に束縛されて不安定な生活を強いられている人びとを考える。あの美しい、日本女性よりももっと日本的な雰囲気をもつ日本名の女性も、そのハンドバッグには絶えず登録証が秘められているわけ。自分がもしこのような状況に生きるのならばと思っただけでも、その屈辱と困難とに、呆然とならざるをえない。

被差別部落出身生徒が多くを占めるM高校で、朝鮮語を教える金時鐘《キムシジョン》氏の著書『さらされるものと さらすものと』(明治図書刊)には、自己の罪に無感覚なわれわれ日本人を超えて、すぐれて人間的なひとりの在日朝鮮人の像が浮び上がる。

「心ある日本人の鏡の役は拒否する」という著者。

「民族的受難史を五十年一日のごとく日本人に向けてみたところで、よしんば一億日本人の総懺悔《ざんげ》をとりつけたところで、朝鮮人の問題は朝鮮人自身の問題として残る」と自省する著者。

日本人社会のなかで陰湿な差別がつづけられている被差別部落の生徒たちは、赴任の挨拶にたった金氏に「チョーセン」と絶叫した。教壇に立った氏を「なんで朝鮮語習わんならんのや」と足げにした。しかし延々二時間「首がへし折られても教壇を下りるわけにはいかぬ」と生徒たちと話し合った金氏。

ひとり朝研の部屋で泣いていた在日朝鮮人のK生徒は、扉をあけた氏にとびかかって「なんでさらしものになんのや！」と、その胸をたたきつづけた。

わたくしは金時鐘という詩人が、いかに繊細な心情にふるえ、いかにいのちがけの情熱を行動して生きてきた人かを、陰ながら知っている。日本人の原罪意識を照らす役なんかごめんだというこの人は、朝鮮人の人間としての主体性、朝鮮人としての復原を激しく求めている。それは、日本人に対しても、人間としての主体性を自らの責任において構築せよということだ。

対等の人間として、人間同士として存在を対置させるには、あまりに日本人に人間としての恥、加害の認識が欠落しているかを、考えずにはいられない。

「Kを抱いたまま私は何もいわなかった。とめどもなくあふれるものをふきもしなかった。

さらしものになっているのではない。さらさねばならないことをさらしあっているのだ」

読むたびに、涙がにじむ。同胞からは悲しみ恨まれ、被差別部落出身生徒からは憎まれ拒否され、しかも、どの生徒に対しても真っ向から取り組んで、それまで味わわなかった人間としての喜びを知らせていくすばらしい教師だ。

「再度〝朝鮮語〟をはずかしめる側の〝日本人〟に、君たちを入れてはならない」

落ちこぼれていく一般生徒に心を痛めて、被差別部落出身生徒にも在日朝鮮人生徒にもひらかれている解放教育に、同等の比重で一般生徒が座標を占めるようにと願う著者の、人間への愛がまぶしい。

金氏からみて、自分がほんとうの愛を欠落した人格破損の者であることを、痛感する。ひきょうにも信頼を裏切るばかりの自分が、まっさかさまに落ちこぼれていくのを意識する。人間であることから落ちこぼれていく。

朝鮮人は世界の他の国にも多く住んでいる。しかし、日本だけが「朝鮮」ということに不愉快な差別反応をみせるという。われわれの心の底には、おそるべき偏見が流れているのだ。他からの号令や暗示によって、自らの判断を放棄し、大挙して従っていく日本人の気性が、震災の大虐殺と重なってみえる。

日本人は、これまでどれほど多くの朝鮮人をむざんに殺したことか。どんなことがあっても、そのような日本人の鬼畜性がひきだされてはならない。

「日本人自身のまっとうな自立のなかでこそ、在日朝鮮人は自由だということを忘れないでください」

その金時鐘氏のことばにこたえて、人間的主体性の欠落を、日本人自身、必死になって復原せねば。

（一九七六年二月）

琉装《かんぷう》とチョゴリ

髪は沖縄の、頭上に髷《まげ》を結いあげた清楚な形。服は、ゆるやかに裾の広がる朝鮮のチマ・チョゴリ。

きものを着なれているわたくしだが、娘時代から、この二つが「自分もしてみたい」姿であった。つとやびんの張り出た日本髪よりも、首すじをすっときあげる琉装《かんぷう》のほうが、自分の顔には似合うように思った。また、美しくない脚をむきだすワンピースは気しんどで、きゅうくつ。すがすがしく風をはらむ長いスカートと、衿をうち合わせる短い上衣、それも純白の布でつくったチマ・チョゴリが着られたら、どんなにさわやかだろうと思っていた。

だから、はじめて沖縄をたずねた一九六八年、さっそく美容院へ髪を結いにでかけた。ところが肝心の沖縄では、ふだんにその髪を結う人がなくなっている。古典的な髪なので、美容院でも「そんな髪は結ったことがないよ。どうしたら結えるのか」と困惑の声があがった。

結局、正しい結い方ではなかったけれど、どうやら、らしい形の髷をつくってもらって、大よろこびした。ふだん自分でくるくるとまとめ上げるには、すでに髪が薄く乏しくなってしまった。

黒髪豊かなりしころであれば、と残念だった。暑い沖縄ゆえに涼しげな頭上の髷となったのだろうが、あの形は、女の清潔な艶を匂わせる美しい形だ。三〇代に揚巻《あげまき》や櫛巻《くしまき》で髪をまとめることが多かったが、それよりもずっと気品のあるものだ。

朝鮮の民族衣裳であるチマ・チョゴリは、具体的に手にとって見たことがなく、遠くからあこがれているに過ぎなかった。あの豊かな裾は、女の立てひざを優にやさしく風雅な姿とする。金《キム》達寿《タルス》氏は、河内の観心寺の秘仏を見て、その座りかたに驚いておられる（『日本の中の朝鮮文化』2）。

この貞観時代作の如意輪観音座像は、日本三如意輪とよばれる名作の一つで、まことに端麗な姿である。けれど金さんにはあまり美しく思えなかったようだ。むしろ、片ひざを立てたその足裏が、ま横にした足の裏とぴったり合っている座りかたに、朝鮮の女性の伝統的な座りかたを重ねている。

きものではとうてい不可能な座りかたである。けれど、このように座れば足が楽だ。背筋がぴんと張る。やまと座りより、よほど能動的で健康的だ。この座りかたが、やわらかなチマにおおわれると、白衣観音のような姿になる。歩くと楚々とゆれるもすそが美しい。

数年前に知り合った朝鮮人の友に、チマ・チョゴリが着てみたいといったら、「いつでも貸しますよ」といわれた。けれど、さて、着てもいいといわれると、反省が深まる。民族感情が深くしみついている伝統的な衣裳を、わたくしが着せてもらってもいいのかしらと気を兼ねてしまった。

まだ手を通す機会に恵まれない。

ひとつには、自分の好みで動くのはいい気なものである、と教えられた例があるからだ。

わたくしは一九六八年四月、琉球新報社名護支局の壁にかかっていた古いクバ笠を見初《みそ》めた。支局長夫人が真っ黒にすすけていたのを洗ってくださった。切れた糸をつづって、オランダで求めてきた紅紺のテープをつけて、常時愛用した。

当時、紫外線に当ると顔の皮膚が紫に変った。七年もの長い間、骨を支えるコルセットで胴をしめつけてきたため、さなきだに無力状態の内臓がすっかりぼろけていたらしい。いくら皮膚科に通っても、「冬でも日に当らないように。赤ちゃん用の石けんを使って、香料のある化粧水はやめてください」といわれるばかり、与えられたコーチゾン系の塗り薬をせっせとつけていた。

直射日光に当らないようにするため、きものの時でもかぶれる帽子がほしかった。このクバ笠は力強く、しかも美しく、わたしの心を晴れやかにした。他人目《はため》にどう映ろうと、沖縄を頭にいただくと勇気があふれた。使い古したクバ笠に守られているうれしさ、きものにもスラックスにも、夏にも冬にもかぶった。取材でメモをとったりカメラをかまえたりするとき、日傘でなく笠をかぶっていると、両手が自由に使えるので便利だった。

敬意と感謝をこめ、よろこびにみちてクバ笠をかぶっていたわたくしは、おりから出版した『おりおりの心』の扉に、岩手県遠野で取材中のクバ笠をつけた自分の写真をいれた。中にいきさつを書いた「きものの帽子」の一文もあった。うれしかった。

ところが、それから二、三年も経ってから知り合った沖縄人《うちなんちゅ》のジャーナリストから、「あれはよくない」としかられた。「あの写真では、みんな信用しませんよ。扉にこんな写真を使うなんて無神経だ。みんな『なんだ』と思って不愉快な気持ちになっています」といわれて、わたくしは動顛《どうてん》した。

沖縄の苦渋にみちた歴史が、汗しとどのクバ笠に象徴されている。労働する民衆の忍苦がクバ笠にこもっている。その言いようもない重い歴史のクバ笠を、まるでアメリカ人が日本へきてハッピを着てよろこぶようにかぶるなんて。観光風俗のようにクバ笠をかぶった写真を扉に使うなんて。「沖縄人として不愉快だ」と、いわれるのだった。

「あんなに尊敬と愛情をもって全生活のなかでかぶらせてもらっているのに……」

それは、許されない加差別者のひとりよがりなのであった。

それと同じように、いかにチマ・チョゴリが好きでも、朝鮮をしいたげ、朝鮮人を苦しめてきた日本人のわたくしが、それを着てはいけないのではないかと、おそれた。

京都は千年の都たりし歴史を誇る。「日本のなかの日本」といわれる。平城京から長岡京へ都を遷《うつ》した桓武《かんむ》天皇は、せっかくの長岡の都づくりを一〇年で放棄して、平安京への遷都を決行した。この桓武天皇の生母は、百済《くだら》王族の出自《しゅつじ》である高野新笠《たかぬのにいかさ》だ。そして遷都には、古代からこの地を開拓、経営してきた渡来系氏族の協力があった。日本文化と朝鮮文化との関係は、まことに濃い。

ところが、京都市内のある結婚式場が、「花嫁がチョゴリを着るのなら披露宴はひきうけられない」と、すでに掛け金を払って会員となっていたA子さんの申し込みを断った（『毎日新聞』一九七六年一月三一日付）という。日本のきものに匹敵するチマ・チョゴリ。在日外国人が、それぞれの母国の伝統をもつ民族衣裳で結婚したいのは、当然のことだ。

人生で、もっともよろこびにみちた儀式である結婚式。わたくし自身は経験しないが、結婚の晴れ着に包まれる神聖な感動は、女性にとってとくに忘れ難いものがあろう。日本人が外国で「振袖を着るなら披露宴の会場を貸さない」といわれたら、どんなに口惜しく情けないことか。その日のために、心をこめて調達した衣裳と初々しい期待とが踏みにじられて泥まみれになる。民族の誇りが、ひき裂かれて血をふく。

「日本古来の伝統的風習である神前結婚式にチョゴリでは、式場のイメージをこわす」と、式場の管理側がいっているようだ。それでは日本人が洋服で式をあげるのもおかしな話ではないか。どうして、「大切な結婚式。どうかすばらしい母国《おくに》の民族衣裳を着てください」といって花嫁を祝福できないのか、わからない。

思えば古代日本の風俗は、きものよりもむしろチマ・チョゴリを正装としていたのではなかったか。チョゴリの襟《えり》が、のちに発達したきものの襟の原型のように思われるほどだ。古代の歴史や造型を考えるところに、現代の歪《ゆが》んだ在りようがみえてくる。敗戦後三一年経った今日、なお恥ずべき差別意識が、在日朝鮮人全体の人権を傷つけ、日本人自身の人格を破壊する。

いま、京都国立博物館では、「韓国美術五千年展」がひらかれている。植民地時代、優品のほとんどは日本人に奪われたと思われるが、朝鮮各地の地底にはまだまだ未知の宝が埋没されていて、ぞくぞく発掘されている。

高野新笠の祖と『続《しょく》日本紀《にほんぎ》』に記されている百済武寧《むねい》王の陵墓は、美々しいものだそうだ。韓国最古の墓誌とされる武寧王の誌石を眺めて、歴史の証人の声をきく思いがした。

観衆には、色とりどりのチマ・チョゴリを着て胸をはった女性群をはじめ、いかにもうれしそうな朝鮮人が多く、涙に目を赤くしている男性の姿もあった。みごとな出品物の数かずに見入る人びとの、思わずもらす深いため息がきこえていた。


（一九七六年五月）

朝鮮母像

幼い時は、ちっとも桜が好きではなかった。少女には草花が身近く、木の花への視野が欠けていた。だから巷の美しい色彩が消え、栽培の花の失われてしまった戦争のどん底で、自然に咲き散る桜が目についた。人の世が戦いに荒れ果て、どんなに飢えていようとも、春になれば、桜が咲いた。

空襲、また空襲。「今日はどこが、誰が、やられるか」と、互いにひそかな別れを告げていた春にも、桜は咲いた。一九四五年三月一三日の大阪空襲で、わたくしどもは本拠を焼かれていた。あの春は仮寓近くの家々の庭や、電車から見た並木の桜の満開が、なにかけげんな気がするほどに白く明るかった。

散り桜の花びらをあびて歩く江戸風俗の母娘二人を描いた大幅が家にあったが、今はない。羽衣の家で、かけていたのを覚えているから、おそらくは岡部分散の折に売られたのであろう。わたくしの手もとには、北野恒富《つねとみ》の子息以悦の小幅「桜美人」がある。

これは母の妹の夫である武内幸三郎が、腸の大患癒えてのち、親戚中に内祝として配ったものだ。たて扇面に浮かび出る桜を背にした美しい娘の顔。叔父の好みで表装に使われた格子の布がよく似合う。「よう似ているけれど、みんなちょっとずつちがう絵やて」母は実家のもよかったといっていた。小品なので雛の軸といっしょにもらって嫁《い》った。

わたくしがはじめて桜の木の根もとにすわって酒をくみかわしたのは、朝鮮文化社（『日本のなかの朝鮮文化』発行所）の花見だった。「今木《いまき》より仕へまつり来れる」（『延喜式』祝詞）今木の神を祭る渡来氏族ゆかりの京都・北野の平野神社。

境内には名桜が多く、桜樹の林をなしている所がある。折あしく春寒きびしい日であったが、土の上に敷いたござに円くなってすわって、歌を歌ったり踊ったりした。木の下にすわる花見のやさしい気分、仲よく酒食を分け合ううれしさ。終りにはみんな立ち上がって、朝鮮のリズムと形で踊った。歌が好き、お酒が好き、そしてそれら以上に、人びとと、ともに楽しむことが好き。朝鮮人はどうしてこんなに声がいいのだろう。朝鮮半島はテナーの国とでもいいたいような、すばらしいのどを生む土地柄なのか、互いにしろうと同士でありながら、日本人の歌とは比較にならないよい声の人が多かった。わたくしにも歌えと強いられたが、けんめいに歌っても声量がまったくなく、か細くも空中に立ち消えてしまった。

京の春に見られる花見風景の一つに、在日朝鮮人のいかにもたのしげなお国ぶりの花見がある。これは、秦氏その他の渡来系氏族によって開拓された土地柄であり、百済《くだら》王族出自の高野新笠《たかぬのにいかさ》が生んだ桓武《かんむ》天皇によって都と定められた京の歴史にふさわしい。古代をうつつに見る思いのする風景だ。

大堰《おおい》川、中の島の桜が紅かすみに匂い咲くころ、仕立ておろしのチマ・チョゴリを着た女性にはなやぐ朝鮮人のグループが、あちこちの桜の下で輪を描き、杖《チャン》鼓《ゴ》や手鼓《スゴ》をもって歌い踊る。遅春に開花する里桜の仁和寺《にんなじ》でも、カラフルな一座をうらやましく見入ることがあった。

ウリノレ。わが歌。古代からひきつづいて歌われ踊られてきた朝鮮民族のリズム。四分の三拍子、速くして八分の六拍子を主調とする民謡のリズムをきくと、朝鮮人はからだの芯からぞくぞくと血がうずきあふれてくるものがあるとのこと。決して幸福ではなかった朝鮮民族、いまもなお数かずの苦しみをになう人びとの生を支える底深い豊かな力を思う。

陰に陽につづけられるこの国の差別や迫害を越えて、むしろやさしくこちらをいたわる朝鮮の友。だが「自由にふるさとをたずねることもできない」悲しみを耐えて、いよいよ心あつく歌い踊るのだ。

一九七四年八月、赤松麟《りんさく》作という名にひかれて、遺作展に行った。

見せてもらった色紙は、二重の意味でわたくしの心を打った。朝鮮の絵だ。そして「これが兄の恩師の筆のあとか」と。頭上の荷は、洗濯物か、あるいは市に出す品であろうか、小さな子を連れ、腰まわりのやや後に、赤い服の赤ちゃんをくくりつけた女人が歩いている。日本式のおんぶではない。チマの裾をかろげた働く姿か。あるいはおなかが大きいのではないかと思われるほど、胴まわりが太い。体格の立派な堂々とした朝鮮の母像に、わたくしはあたたかな肌のぬくみを感じた。

その「赤松麟作展」のパンフレットに掲載されている自伝絵巻『やっとどっこい』の文章のなかに、「昭和五年に朝鮮へ矢野さんに連れられて行った。朝鮮は春であったためか、大変美しく感じた」とある。

厳冬できこえる朝鮮の春は、どんなにか美しいことであろう。当時の「京城」(現在のソウル)で展覧会も開かれたらしい。

この色紙は、現地でのスケッチか、あるいはスケッチをもとにして描かれたものか。油絵ではなく軽い淡彩なのが、生きている。わたくしはソウルをたずねたことがないから、母像のそばの石積みらしい建物が何か、よくわからない。何かのやぐらであろうか。この建物も面白い。だが何よりも、質素な服装のなかに息づくなま身のあたたかさがうれしい。

戦前の朝鮮の風景や風俗を描いた絵は、ときどき見たことがある。だが外側から見た風俗や風景が多く、描かれた人物自体に生活のある感じを持ったのは、これがはじめてだった。このごろは何にでもファッショナブルであることを強調する傾向が強い。若い母が歩く時は、子どもさえファッションの一部なのだそうだ。あまりファッション、ファッションといわれると、それがファッショ、ファッショときこえて、どきんとすることがある。これはそうした毒をいっさい持たない。素朴で勁《つよ》い若い母の平明な動きだ。

赤松麟作という名を知ったのは、戦死した兄博の一周忌に寄せられた一文による。明治小学校時代に教わった図画の狩野馨先生が、兄が小学校時代から油絵に筆を染めていたことに触れ、「工芸学校では赤松画伯について好きな道へと猛進し」と書いておられた。

兄は自分の志望の学校を、父の絶対命令ではばまれた。当時、長兄が肺を患っていたので、父としては次兄をも家業に従わせたかったのだろう。父が知人から教えてもらったという大阪市立工芸学校の木材工芸科に入学させられた。赤松麟作が朝日新聞社をやめて工芸学校図案科に教えにゆくようになったのは、昭和二（一九二七）年。兄は図案科ではなかったから、正規の油絵の授業をうける機会はなかったはず。ただ、好きな油絵のこと。勝手に描いた絵を持って赤松先生に近づいたのではあるまいか。熱心に意見をきかれて、何かと指導してくださったのではないかと想像する。

兄の戦死後すでに三五年を経た。その歳月のへだたりをとびこえて、今年の命日にも工芸学校時代の友人たちが集まってくださった。木工科の友人が一人、図案科の友人が四人。兄は、図案科にも多くの心通う友人を得ていた。これは絵に対する熱情に共感していたからではないかと思われる。

それぞれに立派な仕事をしてこられた人びとが、「赤松先生」と言うと、たちまち少年に戻られた。

「週に一回デッサンを根本から教えてもらいましたね。まじめな先生でね。まっとうな絵を描かれました。一度、自由な写生をするようにと学校の外へ出してもろたことがあったナ。みんな解放されてよろこんで、近くの女学校の前にキャンバスだけ立てて、何にも描かんと帰ってきたら、いつもはおとなしい先生に飛び上がるほど叱られた」

「デッサンを消すための食パンを僕ら食べてしまうねん。また、いたずらして投げ合うたこともあったな」

昔の悪童ぶりが目に見えるようで、笑ってしまった。

みんながまじめに絵を描かないのなら、もう来ないといって叱った赤松先生。また、上手だともてはやされていた一人の生徒が、乾いていないぬれぬれの絵を見せにいったら、その上を筆でぐるぐるとつぶして「これでちょっとましになった」といわれたというきびしさを持つ先生。それは五〇歳を少し越されたころか。

明治四〇（一九〇七）年以来、大阪で独特の洋画塾を開き、佐伯祐三をはじめとする数多くの人びとを指導し育成された洋画の先駆者の面影がしのばれる。そういえば学校を卒業してからの兄は、よく心斎橋の丹平ビルへ行くといっていた。丹平ビルには赤松洋画研究所があったのだ。

兄の戦死後つくったしのぶ草『飛ろし』に、兄の遺作油絵の写真をひとつだけ載せている。大阪の家の窓から南を望んだ写生で、昭和九（一九三四）年、一六歳とある。西横堀川と助右衛門橋。川の両岸にならぶ瓦葺の家々。その向うに見える大丸とそごうの建物。木の電柱、空中の電線、倉庫の積荷までも綿密に描きこんだもの。上手とはいえないが、たしかに生《き》まじめだ。

狩野先生が「相当てこずりかけた難物で、並大抵の者の投げ出してしまう所を、よくその困難を突破し克服して」と書かれているとおりの真剣さがあふれている。これは四、五〇号ぐらいの大きさであったと思うが、三階の洋間の壁にかけたまま空襲で焼けてしまった。

赤松画伯の画布油彩「夜行列車」は、明治三四（一九〇一）年のすぐれた大作だ。この絵の写真を見ても、夜行列車に乗り合わしたひとりひとりの人物の心や生活が、いきいきと描かれている。「大阪の巨匠展」（一九六八年一〇月）のパンフレットで、「醍醐の桜」や「白糸の滝」とともに載せられている油絵の「土佐堀川」を見て、はっとした。

川の面、低い家や川岸の情景、暗く抑えたその調子は、兄が必死で学ぼうとしたところではなかったか。兄の絵に同じような雰囲気の漂っていたことを思い合わせて、なんともいえない気持になった。

遺作展を開くにあたって、赤松修氏は『おもいで』に、「流に逆らわず、おし流されもせず、歩みつづけ、描きつづけ」と、その父君をなつかしまれていた。

戦争というものすごい大波に逆らいようもなく戦死した兄。あきらかに軍国乙女だったわたくし自身を含めて、当時の民衆の多くは、決して朝鮮民族を理解しようとしてはいなかった。強引に日本の植民地とされた朝鮮の不幸に、心痛んではいなかった。自分が何をしてきたか、何をしているのかを、今だってはっきりと認識できていないようで、われながら情けない。

この、あたたかな朝鮮母像が手にはいったことをよろこぶ。いまになって、当時の朝鮮人民衆の声なき声をきくの思いである。

しばられし手の讃美歌

「政治犯八十人余を仮釈放」（一九七九年七月一七日）のニュースで、ソウル刑務所から釈放された朴炯圭《パクヒョンギュ》牧師の笑顔を見た。想像も及ばぬ獄中の苦悩。その懊悩の影を感じさせぬやさしい笑顔だった。

わたくしはソノシートできいた「しばられし手の祈り」の讃美歌を思った。このソノシートは、金芝河《キムジハ》の詩と、その詩によって作成した富山妙子作リトグラフの画面とで構成された詩画集『深夜』（土曜美術社）につけられていたもの。説明によると、金芝河氏と朴炯圭氏とが獄中互いに連絡をとり合って、この讃美歌「しばられし手の祈り」が作られたそうだ。

作詩・金芝河、作曲・朴炯圭。その曲を、「いま音楽家にできることは何か」を問いつづけてこられた林光氏が編曲してピアノを弾かれ、第三世界からの視点によるすぐれた評論活動で知られた国際的ヴァイオリニスト黒沼ユリ子さんが、ヴァイオリンで参加された。歌はしろうととは思えない力強いテナーの鄭敬謨《チョンギョンモ》氏が心を傾けて歌っておられる。

長き年月　しばられし手よ
長き年月　祈りしこの手
たれも熱く抱きしめられず
たれも愛もて握りしことなし
　おお　主よ　来り
鎖　断ちたまえ
重き鎖を　いざ断ちたまえ

それは、じつに深くせつなく、なんともいえない美しい曲であった。歌詞の思いをみごとに生かした心うつメロディ。それを、志によって結ばれたすばらしい演奏者たちが、心の限りをこめてひき、かつ歌う……。

音痴ともいうべき鈍感なわたくしも、さすがにこの讃美歌には涙を流した。何回くりかえして聴いても、そのたびに涙が流れる。キリスト教はおろか、何教に対しても信仰をもたない者。クリスマスによく歌われる讃美歌しか知らないが、世界各地のさまざまな国で、それぞれの土地の讃美歌が生まれつづけているとか。「そのなかに、こんなに魂をかきむしる讃美歌があるかしら」と叫びたくなるほどの、絶対の讃美歌だ。世界中の教会で歌ってもらいたい讃美歌だ。

谷は死の影　わざわいにみち
夢の合間も　悲しみあふる
神の正義と　いつくしみ求め
暗き谷間を　さまよい歩きぬ

朴炯圭牧師作曲の調べが忘れ難く、そんな資格はないのに低唱し、愛唱する。いまなお獄に在る金芝河詩人と、他の多くの「良心の獄囚」をしのんで。

（一九七九年八月）

敬愛を抱いて

毎年成人の日に行われる「ＮＨＫ青年の主張」の京都予選をきいた。

一人五分間ずつ、壇上にたってその思うことを語る。局側の説明によれば、今回京都府下から応募された数は六〇点。その内一〇篇が文章審査で残されたという。台本を読んで感心していただけあって、どの人もそれぞれの思いをこめて、しっかりと話されたのは立派だった。

「私は高校を卒業したら、家業である林業を継ごうと思っています」

と眉をかがやかせる初うい しい少年（一七歳）。

「親子関係にも信用は必要です。そして、信用し合うためには、多くの言葉が必要なのです」

と、つねに語り合って自分を育ててくれた父への愛を語る美しい大学生（二二歳）。

何度もの命をかけた出産に子を失い、ようやく得た娘にもきびしく正義を教えて、「勝利は努力者の上に輝く」と励ますお母さんを誇る少女（一八歳）……。

四人目に進みでた可愛い高校生が、

「私にとっての青春、それはまず私自身朝鮮人であるということを認識することから始まります」

と話しだした時、わたくしははっとした。

「青年の主張」は、これまで二〇回重ねられてきたということだ。毎年、各地域からどれ程の数の人びとが参加してきただろう。わたくしの知っている沖縄宮古島のまり子さんは、一九歳の時、名古屋から進んで宮古島へ渡った。困難な宮古上布の織り子となった。そして翌年の「青年の主張」に「沖縄の離島にこんなすばらしい文化がある」と「わたしの選んだ道」を語った。沖縄代表として東京大会へ出席、優秀二人のなかにはいった。今から六、七年前のことだ。

その時の涙をわたくしは思いだした。「沖縄がかく誇らかに青年の主張で語られた」うれしさに胸が迫ったことを。

素直な少女らしいFさんの話は、つづいていた。在日朝鮮人の多くは「朝鮮人」と聞くだけでドキッとし、「隠したい」感情を味わう。朝鮮人だから何をしても駄目なんだと、悪いことはすべて朝鮮であることに理由づけ「自分は人より劣った恥ずかしい、普通でない人間だ」と思いこんできたという。

「でもなぜ自分の国のことを、そんな風に思わなければならないのでしょうか」

と彼女は自覚への転機をもった。中学の頃から少しずつ、在日朝鮮人であることを言うようにしたとのこと。高校に入って出会った一人の女性は、積極的に自分が朝鮮人であることを話し、朝鮮のことを勉強して日本の友人たちにいろいろ話してきかせていた。

また、ある日本人は「友人と一歩離れて話すことは本当の友人ではないことだ」と言った、自分が朝鮮人であると言わないことが「一歩離れている」ことだとわかった、「本当の人間関係を持つ第一歩として、一つの壁をとり除くために朝鮮人であることを積極的に話し出しました」と、「日本人にはとうていわからぬ勇気」をふるってFさんは「青年の主張」の場へ参加したのだ。

かつてこうした朝鮮人子弟のなまの声が、「青年の主張」でとりあげられたことがあっただろうか。朝鮮人自身が、参加しようとしたことがあっただろうか。日本と朝鮮半島とは、古代から現代に至るまで重々の濃い歴史を共有する。朝鮮半島から列島に移り住んだ先人たちによって、各地の産業や文化がひらかれた。この「日本のなかの日本」である京都を都とした桓武天皇は、百済系氏族出自の高野新笠を母として生まれた。

「日本に生まれ日本語を話し、日本の生活しか知らない在日朝鮮人の私にとって、朝鮮という国籍は重荷でした」

ほんとうに、日本人としか思えない少女の前で、おそらくはその心を突き刺し破るような朝鮮差別の言動を多くの日本人がとってきたと思う。それでなくても母国朝鮮半島の住民は、三十八度線を境に二つに分裂させられた。二つの国の対立、さらにその国内での分裂や対立が、日本に住む六〇万人の韓国籍、朝鮮籍の住民にひびいて、互いに苦しい思いをさせているのだ。そして一五歳になると外国人登録書を持ち歩かねばならない。

武力で強圧的に日本の植民地とされ、貧困につきおとされ流浪し、収奪と差別とにしいたげられてきた人びと、有無をいわさず日本に連れてきて強制労働させた人びとの苦難を思う時、日本人として言うべき言葉もでない。現実になお迫害がつづいている。就学、就職、結婚はもとより、日常のあらゆる場でおそるべき差別がみられる。

その中で、この発言がＮＨＫの舞台で語られる歴史の日を迎えた。Ｆさんは、みずからの声をはげまして終わりの章にかかった。

朝鮮人だからといって去って行く友人はいなかった。それどころか、話を聞いてくれ、友人の大切さをつくづく解らせてくれた――けれど、そういっていられるのも学生時代だけかもしれない。

「おそらく社会の風は想像以上に厳しいものだと思います」

高校卒業を三月にひかえて、幼い時に父を失い母の内職で育てられたＦさんは、社会への期待と不安とに胸をしめつけられているのだ。

「でも、私の話を聞いてくれた友人たちは少なくとも、社会をになうようになっても、朝鮮人に対する偏見、および差別はしないでしょうし、朝鮮人だけじゃない、どんな弱い立場にいる人たちに対しても差別的な態度はとらないでしょう。私はそれを望みます。一人でも多くの日本人に」

わたくしは思わず涙のさしぐむのを覚えた。「朝鮮人だけじゃない、どんな弱い立場にいる人たちに対しても差別的な態度はとらないでしょう」と言われて、「自分は絶対差別しない」と答えうる日本人が果たして何人あるだろうか。

「私はそれを望みます。一人でも多くの日本人に」

せつせつの声であった。はっしと心に届く願いであった。努力につぐ努力、徒労につぐ徒労、いかにあたりまえの「対等の関係」をとの祈りを、日本は踏みにじり迫害してきたことか。いまもなお、それがつづいている現実。

Fさんは自らの苦痛を通して「ただ朝鮮人だけを」との発想を超えた。

「弱き者全体」への愛と理解とが、差別する者の「ま人間に立ちかえる」基本である。差別は、被差別者の人権を踏みにじる。そして他者を踏みにじる者の人権人格が崩壊する。

姫路の被差別部落に住み、中学校を卒業して就職する際「その町の者は盗みをするから」と審査員に断られたT氏は、なぜそんなことになるのか、自らの町の歴史と実体とを克明に調査し勉強した。長距離運転者として働きながら、四〇歳にしてようやく、見事な『つくられた差別の歴史』の本ができた。

皮革の工場や、ゴミ処理場が設置されたとたん、その一角が、それまでの町名から切りはなされて、別の地名をつけられ差別されてゆく。差別の実体の不法、不合理な筋道が明確に語られている。じつに鮮やかな解明である。

これら、差別を許さず、差別とたたかい、差別に屈しないで生きる人びとの姿に、心からの敬愛を抱く。これらの人びとによってこそ、差別する側のわが歪める人格を、すこしでもまともな方向へ歩かせようと気づかせてもらえるのだ。わたくし自身の怠慢と驕慢とが、かくしようもなく浮き立つ。

すばらしい人間が、たしかにいる。それは被差別の苦しみのなかから、差別に荷担する者の罪と恥とをつきつけてくる、そして人間を人間たらしめようとする立派な人びとだ。

（一九七九年二月）

II　鳳仙花咲く……………………一九八一－九〇年

光よ、蘇れ

全国的な規模で「戒厳令を解き、政治犯や連行学生を釈放し、言論集会を自由にする民主主義政治」を要求するデモが起こっていた一九八〇年五月の韓国で、一八日さらにきびしい全土戒厳令がしかれ、軍政となった。

その報を知って、思いこごえた。

日本人として、目の前から拉致されていった金大中《キムデジュン》氏の状況の好転を願いつづけてきたのに。ようやく大衆の前で、自己の信念を語れるようになった金大中氏が、戒厳令によってまたしても連れ去られてしまったのだ。

ソウルの学生デモが鎮圧されたあと、光州《クワンジュ》での闘いは、刻々と大きく展開した。

一九六〇年、四月一九日の学生の闘いをニュースで聞いて、個人的な悲しみに横たわっていたわたくしは、頬を叩かれる思いで起き直ったことがある。伝えられる光州の、学生や市民の抵抗ぶりに襟を正した。小さな男の子をまで連行する兵士、痩せ細った学生たちが数珠つなぎにされてよろめく姿。テレビ（TBS系）で「次つぎと学生が殺されてゆくのを、黙って見ているわけにはゆかない」と語る中年の男性や、「たとえこのように話したために捕われたってかまわない」と答えた中年の女性を、周囲の人びとが拍手で包んでいた。

そこには、胸を張って不当な虐圧と闘う光州市民の誇りが、生き生きと感じられた。僅かな画面だったが、まさしく光かがやく光州市民からの直接の証言であった。

それにしても、全斗換《チョンドゥファン》保安司令官の投入した軍は、何というおそろしい惨虐を、自国の民衆に加えたのか。軍隊というものは、とかく政府権力の側に立って、目ざめた民衆を圧迫しがちだが、沖縄でよく聞いた「友軍のおそろしさ」が思いだされた。何かというと「スパイ」という名目で、罪もない住民を殺した日本軍。光州住民に対する「まさか」どころではない手あたり任せの殺戮が、いのちがけの報告にまざまざと描かれていた。

学生や市民が武器を奪って立ち上ったということが、騒乱を大きくした一因であるかのような解説を流したテレビに、血の逆流する怒りを感じた。銃砲を所持しない、その使い方も持ち方も知らない人びとの武装は、何が原因だったのか。訓練に訓練を重ねた軍隊の手によって、老若男女、子どもたちまでが殺されたからこそ、到底その敵でないのを知りながらも武器を手にせざるをえなかったのではないか。

たとえ武器を手にしたって、どうして重装備の軍隊と対等に戦えよう。やわらかな女、かぼそい学生、小さな子ども、シャツ一枚で働く男たちを、まるで「豚のように」「かぼちゃのように」

突き刺した。倒れているが、生きている者のこめかみに銃口をあてて殺していたとは、光州から帰ってきた日本人の証言だ。

上官の命令通りにしなければ、自分の命が危うくなるといった恐怖が軍隊内にはしみこんでいるのだろうが、おのおの人間であるはずの兵士自体、人間性をはなはだしく崩落させ、破壊していた。日・米政府が支援した朴政権は、長年にわたって意図的な地域差別の政策をとった。全司令官も今回の光州二〇万をこえるという町ぐるみの闘いを、全羅道の不満を、全羅道出身の金大中氏がそそのかしたという形に歪め、金大中氏を抹殺しようとするのか。日本政府は拉致の責任を問わなかった。その金大中氏を殺させてはならない。

米国政府も、日本政府も、光州の市民側には立たなかった。なんともおぞましい気持である。安保体制が、米国の都合によるしくみであり、韓国民衆の運命がよそごとでないことを、日本の民衆として実感させられた。

かつて、韓国に家族を残して、ひとり日本に暮らすことを余儀なくされている韓国人男性に出会った。つねにおどかされ、苦しめられている人であった。その人は「わたしにはＫＣＩＡがいじらしく思えて」と言いかけて、絶句して涙を流された。わたくしは、あっけにとられた。朝に夕に、陰に陽につきまとっている当の相手を「いじらしい」「あわれ」とは。

「命令を下す一人だけが、人間性を無くするだけならいいのですが、その命令のために、その通りに動く者がみんな、非人間的な性格になってしまう。みすみす、同胞の多くの人びとが人間でなくなってゆくのが残念でなりません」

そういって、せきを切ったように号泣されたのだ。

五月二七日は、京生まれの徐俊植《ソジュンシク》氏の保安処分の切れる日だった。すでに七年の刑期を終えたあと二年の保安監護所へ入れられている俊植氏の解放を「今度こそは」と待っていたオモニ呉巳《オギ》順《スン》さんの病状が悪化して、二〇日の未明、とうとう亡くなってしまわれた。初めてお目にかかるオモニは、ひつぎの中であった。ご家族の悲痛はもとより、京都の「徐君兄弟を救う会」の人びとも葬儀を手伝いながら、涙をぬぐっていた。妹英実《ヨンミ》さんの痩せきった肩が痛々しかった。

待ち兼ねた二七日、俊植氏はふたたび保安処分を適用された。オモニの死を知った氏は、処分への抗議と、オモニへの哀悼のため二〇日間の断食にはいる決意を告げられたという。その同じ二七日、ついに光州の闘いはすべての要望を踏みにじられて終った。

獄中での二〇日間の断食。その生身のいたましさ、激しさ。

「休止符というものがないまま、身辺に次つぎと生起する事柄のすべてが、民族の運命や人間の希望といった根源的な問題に私を直面させます。獄中で兄も言う通り、私たちは独りひとりでありつつ、かつ全体なのだと思い知ります」

と、弟の京植氏からの手紙に、耐えつづける思いがこもっている。二〇日間の過ぎた今日、いまだにその後の俊植氏の状況がわからない。

六月一六日の夜、鄭《チョン》敬《ギョン》謨《モ》氏の講演のあと「光州決起にこたえ韓国の民主化朝鮮の統一を支持する緊急集会」のデモがあった。

「日米両政府は韓国軍政への支持をやめよ！」

「光州市民の闘いを支持するぞ」

「金大中氏を殺すな」

などと、シュプレヒコールが流れる。四条河原町の町角に立つ若い男性が、涙ぐみながら唱和しているのを目にした。


（一九八〇年八月）

なぜ「征伐」というのでしょう

「桃太郎」という短篇があります。

大正一三（一九二四）年作の、芥川龍之介氏の短篇です。童話「桃太郎の鬼退治」をテーマにしたものですが、そこでは鬼ヶ島は、

「実は椰子の聳《そび》えたり、極楽鳥の囀《さえず》ったりする、美しい天然の楽土だった。こういう楽土に生を享《う》けた鬼は、勿論平和を愛していた」

と、描かれています。

飲んだり、恋をささやいたり、一晩中踊ったり歌ったりすることの好きな、「罪のない鬼たち」の平和を、いっきょに破壊したのが、桃太郎と、飢えたる犬・猿・雉《きじ》の一行でした。

なんにも、人に襲われるようなことはしていないのに、突如として殺気あふれる人や獣たちに斬りこまれ、噛まれ、ひっかかれ、目をつつかれた鬼たちは、かつてない恐怖におちいって逃げまどいました。いったい、なぜ、こんな目にあわなければならないのか、「鬼の酋長」でさえも、その理由がわかりませんでした。

征伐――罪あるものを攻め討つこと。

『広辞苑』には、このように意味がのっています。降伏した「鬼の酋長」は、こわごわ桃太郎へたずねました。

「わたくしどもはあなた様に何か無礼でも致した為、御征伐を受けたことと存じて居ります。しかし実はわたくしを始め、鬼ケ島の鬼はあなた様にどういう無礼を致したのやら、とんと合点がまいりませぬ。就いてはその無礼の次第をお明《あか》し下さる訳には参りますまいか？」

当然の質問です。

桃太郎に、鬼の納得できる返事ができるはずがありません。彼は、鬼の悪事を知ったり、それに苦しめられたりして攻めこんだのではないのですから。

「桃太郎は鬼ケ島の征伐を思い立った。思い立った訳はなぜかというと、彼はお爺さんやお婆さんのように、山だの川だの畑だのへ仕事に出るのがいやだったせいである」

地道な労働がいやで、鬼をおどしてその宝物を分捕ったというのです。

「日本一の桃太郎は犬猿雉の三匹の忠義者を召し抱えた故、鬼ケ島へ征伐に来たのだ」

そう言っても鬼にはわかりません。桃太郎は「まだわからないか」と威嚇《いかく》して、相手を慴伏《しょうふく》させました。

犬・猿・雉といえども、「一つ下さい」と申し出た黍《きび》団子を「とっさに算盤《そろばん》を取った」桃太郎に

「半分だけ」と値切られ、それでも、従わざるをえないほど、おなかが空いていたのではないでしょうか。

「所詮持たぬものは持つものの意志に服従するばかりである」

芥川氏の言いたいところは、「征伐」に正当な理由がない点だと思われます。平和に暮らしている土地を不当に侵害し、荒し廻り、ほしいままの掠奪《りゃくだつ》行為をした者が「日本一」と讃えられることへの批判でしょう。

大正デモクラシーといわれる大正期に咲きかがやいた芥川氏の才華は、数かずのみごとな作品となって残りました。氏の魂は、当時の立身出世主義に与《くみ》せず、つねに「武断」より「文弱」を採りました。武力に任せて侵入する者に一方的に「征伐」される側の悲しみと怒りとがわかる人でした。

たまたま、この夏、桃に寄せた一文に、イザナキノミコトが黄泉《よみ》の国へ亡妻イザナミをたずねて逃げ帰る途中、「桃子三箇《もものみみつ》」を追手に投げうって難をのがれたという『古事記』の一節を書きました。イザナキは、身の無事をよろこび「これから後も人の難を助けよ」といって、「意富加牟豆《オオカムズ》美命《ミノミコト》」という神名を桃に与えたのです。

「伝承は面白いが、後世の民衆は桃を神とせず、好戦的な桃太郎を作ってしまった。妖しき戦気、毒気むらむらの今日、桃は本来の邪気払いをこそ」

こう書いた時は、まだ芥川氏の「桃太郎」を知りませんでした。わたくしは「征伐」のわけを問う鬼を書かれた芥川氏の作品に、よろこびと共感とを覚えます。

仕事で、古寺をたずねることがあります。

各地を旅することもあります。

あるお寺で、「これは、朝鮮征伐の時に持ち帰った鰐口《わにぐち》だそうです」と説明されました。

「あの、朝鮮征伐という表現は、事実に反していておかしいと思いますけれど」

と言いますと、

「あ、そうでした。そうわかっているのに、すぐ口に出てしまって」

と、若い僧侶が恐縮されました。

戦前に軍国教育をうけたわたくしたちは、まるで当り前のように「朝鮮征伐」と口に出るような教育をうけてきました。現在の教育は、日本のおかした侵略の歴史をきちんと教え、人間としてのまちがいをわきまえさせてくれているはずだと思うのですが、今でも、まだ、「朝鮮征伐の時、加藤清正が持ち帰って太閤に献じた名木椿」と標示されていたり、「朝鮮征伐で連れ帰った陶工によって開かれた窯《かま》」などと説明されたりしているのです。それを平気で言い、書き、聞き、読み流す、そんな社会です。

このところ、毎週一つのドラマを見るたびに、「在日朝鮮人は、どんな気持で見たはるかしらん」と、思います。戦国を統一した秀吉が、その戦《いくさ》に慣れた武士を朝鮮半島へ侵攻させます。「明《みん》を奪うための通路に朝鮮を通らせよ」というのが名目でしたが、この他国の独立と幸福とを考えない思い上った秀吉の野望によって、文官に治められていた当時の李氏朝鮮は、平和な日々を秀吉軍に蹂躙《じゅうりん》され、酸鼻きわまりない殺害と収奪の場となってしまいました。

母の大政所《おおまんどころ》が病と聞き、ひたすらいそいで帰城した秀吉の、母の死に号泣する姿を見ても、同じ時、この男の命令により朝鮮半島で行われていた蛮行を思うと、白けた気分になるのです。

朝鮮各地で義兵が起ち上ります。侵略軍ではなく、自国を守る民兵です。

身のほども知らぬ秀吉の他国侵略の夢。これには、四世紀のこととして記・紀に記された神功皇后の説話が因をなしていたのではないでしょうか。「三韓征伐」を聞かされた歴史の時間、どんなにいたたまれない思いで過したかを語る朝鮮人に、多くであいました。

武力で日本の植民地とされていた三六年間の不幸と同じ重さで「壬辰《じんしん》の倭乱《わらん》」を憎悪し、秀吉への恨みを忘れていない人びとです。幼い心に、「チョーセン」と冷たい嘲笑をあびせられ、いじめられた小さな人びとが、どんなにたくさん、辛さをのりこえて生きてこられたかを思って、胸が迫ります。昔のことではありません。この人権尊重のはずの現代に、迫害されて死に追いやられた恨みの人びとが存在します。恥ずかしい日本の社会、日本人の意識です。

日本の小学校でいじめられて民族学校へ移り、ようやく正しい歴史を知って誇りをとり戻した少女や、祖国の大学で学んで、「国際人と自覚した」主婦、「朝鮮人かときかれたら、ハイッ！朝鮮人ですて言わなあかんで。なんにも悪いことしてへんのやから、しっかりせなあかんで」と子どもたちを教え育ててこられた徐勝《ソスン》・俊植《ジュンシク》兄弟（韓国へ留学中、逮捕されて服役中）のすばらしいオモニ（お母さん）など、数えきれない在日の人びとを重圧した苦労は、ほとんど、日本人社会の非国際性と、加害体質とに在りましょう。

被害者があるということは、加害者があるということです。いまだに「三韓征伐」「朝鮮征伐」などと、こちらの悪しき侵略を、相手の悪をこらしめるかのような策謀にみちたすりかえの言葉をつかっています。

朝鮮への侵略に荷担しなかった当時の琉球王国に対して、一〇年後、島津藩がこれまた勝手きわまる武力侵攻をいたしました。そして「琉球征伐」などといいました。不当な侵略を「征伐」とは。それを聞く人びとの、言いしれぬ無念を思います。

まちがいは恥じ改めたい、小さな人びとと互いのやさしい魂を守りたい、そして、自分で自分を訓練しつづけてゆきたいと思います。自分のなかの卑劣さや差別心、無関心や悪の要素こそが「征伐」しなくてはならないものでしょう。

地球的規模にひろがってしまった不幸な非人間化が「征伐」できればよいのですが。

（一九八一年一二月）

鳳仙花咲く

垣根に　咲き残る　鳳仙花の花
その姿の　いじらしさよ

ゆっくり、しみじみと、李順子《イスンジャ》さんの歌が始まった。

李順子さんは、大阪市生野区の主婦。画家李景朝《イキョンジョ》氏のよき妻であり、ブティックをいとなむ店主でもある。

景朝氏の師である画家鴨居《かもい》玲《れい》氏とのめぐり合いは、李夫妻にとってこの上なく貴重なよろこびとなった。景朝氏の画境の立派な深まりとともに、順子さんの歌才もひきだされた。すでに大阪や神戸で「李順子、望郷を歌う」会が催され、どの会場にも人があふれた。そして在日の人びとばかりではなく、日本人の心を叩いた。

その順子さんの歌を「京都できく会」の夜である。拍手に迎えられて名曲「鳳仙花」の前奏が始まり、つややかに張りつめた歌声が流れだした時、わたくしはそこにこもる心の力にうたれた。

紅・紫・薄紅・薄紫・そして白など、次つぎと咲く鳳仙花は惜しげなく散りこぼれる。鳳だの、仙だの、ずいぶん壮大深遠な意味の文字が使われているけれど、本姿は、素朴な直立分枝の一年草である。

朝鮮民族は、日本の非道な植民地政策にあえいでいた時代から、この「鳳仙花」の歌を歌いついできた。

娘たちにいとしまれて咲いた一夏が過ぎ、はや、秋風に散ってゆく鳳仙花の花。しかし、きびしい冬を耐え、やがて、春にはふたたび美しい花を咲かせる……。

黙って聞いていると、何気なく可憐な鳳仙花の花の咲き移りを歌っているだけの歌だと思う。しかし、その真意は、数えきれない外圧にしいたげられつつ、自国の文化を守って生きてきた朝鮮民族が、花に寄せて無量の願いを歌った抵抗の歌なのだ。

——どんなにつらい日々が流れようと、かならず芽をだし、花を咲かせる日があることを信じよう、熱く自由を求める魂は、この民族の冬もひそかに強靭に生きている。かならず、かならず、よみがえる春がくるのだ。——

誇るべき自国の自立を失い、理不尽な差別と迫害の日常に人間の尊厳を奪われて、呻吟《しんぎん》していた朝鮮民族の「ふたたびよみがえる自立の日」を祈りこめた歌の重さ。日本人の想像もできない苦悩の歴史が映された歌である。

一九四五年八月一五日、日本敗戦の日は、朝鮮全土が、日本の支配から脱出できるよろこびにふるえた日だった。三六年間の併合時代、あまりに不当な日本の支配に対して、絶え間のないパルチザンの闘いがあった。それら解放をめざした先烈「先駆者」たちの多くが殺された。やっとやっと、その恐ろしい支配からのがれて、民族自身の自由な国が確立された──「鳳仙花の花がまさに咲き盛った」──と思われる八月一五日だったのに。それが、突然わけのわからぬ結果となった。

朝鮮民族にはひとことのことわりもなく、国が三十八度線を境にして二つに分裂されてしまった。米・ソ勢力の思惑である。

このような納得のゆかない話があるだろうか。あの不幸な植民地時代でも、朝鮮半島は分断されなかった。その運命共同体が、勝手に南北にひき裂かれ、民衆はその生きかたを対立したイデオロギーで規定されてしまったのだ。

全世界に渡って暮らしている朝鮮民族の一人ひとりが、祖国の分断に心痛めている。その分断と対立とが、祖国を離れて暮らす人びとの生活や運命に、複雑で深刻な影を落としている。民族の愛をばらばらにさせられた現実。「鳳仙花」の歌は、今や母国の統一を願う悲痛な訴えとして、いっそう重い。

順子さんは、「オモニへの思いをこめて」歌うという。望郷を胸に、苦しみぬき働きぬいて亡くなったという順子さんのオモニの心。そして、一子守真《スジン》君たち次の世代に対する順子オモニとしての思い。あらゆる差別のどん底をになう女たちの、とくに子の母となった女人の巨大な力が、いまさらに尊い。

この差別性の濃い日本人社会の中で、民族の誇りに胸を張って堂々と生きることは、どんなに困難なことであろうか。

七年前、一〇歳で亡くなったという順子さんのお嬢さんは、朝鮮民族であるという誇りの自覚をちゃんと身につけていた。近所の子が「お前、朝鮮人やろ」と言った時、あるいは否定的な意味で言ったかもしれないのに、そのことをオモニに告げて、「わたしのこと、朝鮮人というてくれた。うれしいわ」と、にっこり笑ったそうだ。

朝鮮人とよばれたことを、「うれしがった」一〇歳の少女の微笑が、順子オモニの胸に灼きついているという。少女の偉大な勝利に対して、日本人の何と悲しい人格損壊であろうか。他の誇りをいやしめる者は、その瞬間、自己を破壊する。

わたしは母と書いて、オモと読む場合があるのに気づいていた。たとえば母屋《おもや》。母屋は家の中、もっとも重要な中心の棟である。家族の、一門の、集り来る母屋のオモ。また、『日本書紀』には持統女帝をさして、「母儀徳有《おもたるいきおいま》します」と形容している。母系制の時代は、「父母」でなく、「母父《おもちち》」と表現していたともある。

はは、も、ぼ、ぼう、と読む母の字。「なぜ、母と書いてオモと読むのかな」と不審に思ってきたが、『岩波古語辞典』に「朝鮮語（母）と同源か」とあった。それで納得できた。

朝鮮民族は、白い衣裳が好きであった。白衣《びゃくえ》の民とよばれるほどに、白一色の民族衣裳を愛していた。

白衣は目立つし、汚れやすい。日本化を強《し》いられた時代、貧困のどん底にも、頑として民族の白衣を脱がなかった人びとがたいそう多かった。敵視や迫害を覚悟した不服従、非同化の意志であったろう。

幼い頃から、赤いものより白が気に入っていたわたくしだが、日本のものだと日常に純白無地のきものが着られなくて、残念だった。だから白衣のチマ、チョゴリに憧れていた。きものだと、花嫁になるか、尼僧になるか、死者になるか、しなければ、白無地が許されない。

ところが、人びとは「白が好きだ」というと、「そんなはかない淋しい好み」と、まるで虚弱な好みのようにあわれんだ。弱いどころか、白の無垢は豪奢である。清浄であり、純粋であり、しかも豊麗である。

白には雪の清らかさ冷たさと、同時に、綿の包容力と温かさとが、共存している。他のどの色とも調和し、相手をひき立てるが、どこまでも自己を生かす反射の色でもある。

小著『ずいひつ白《しろ》』へ収録した「白」の一文に、色彩学では白と黒は色としていないと知ったよろこびを記している。白は明、黒は暗。

白は、光り、光線であった。透明なる水が光りを反射してみえる白。黒は、光の無い状態をいう。白衣の民を、悲哀の民と決めつけ、その力強い工芸作品をまで、薄弱の美だとした評価に対して、論争の起ったことがある。白衣の農民が義兵としてたたかう。白衣の民は抵抗の民。白が悲哀だなんてとんでもない。

中学校一年生の時、敗戦を当時の「京城」（現在のソウル）で迎えた作家本田靖春氏は、「いわゆる玉音放送から一夜が明けて、おそるおそる街へ出て行った私が目にしたのは、洗濯したての白い民族衣裳をまとったおびただしい人々の群れ」だったと書かれている。

南北分断によって「どちらの民衆も自由には程遠い」と案じ、「生まれた故郷の心やさしい人びとがふたたび白一色に輝く日」を待つというコラム（『毎日新聞』一九八〇年八月）は「白一色の日」と題されていた。

よろこびの人びとで、町が白一色に輝いたその日の状況が、まぶたにたつ。

水色の衣裳で「鳳仙花」や「トラジ」「先駆者」など九曲を歌った順子さんは、赤い衣裳で「帰りたい」「思郷歌」「母なる胸よ」を歌った。

「朝鮮語がこんなに美しい言葉だとは知らなかった」

と言う男性がいた。豊かな声量がよくのび、言いしれぬ情感にひきこまれてゆく。言葉がわからなくても、心はわかるのだ。花道や通路にまで坐った聴衆は、泣いていた。

そして、最後に、白い光りの衣裳で、解放へのさまざまな峠を越える「アリラン」を数曲。激しく魂のゆすぶられる絶唱だ。人間的なるもののすべてが滅ぼされようとしている危険な世界に、息をのむ日々。人は誰しも、今の今、光りでありたい。

母。それは万物を生じる元となるもの。そのオモニが歌っている。母たる威厳にみちて。人間たる光りを放って。

（一九八二年九月）

半端者のいま

子をもたぬ女というと、昔は、一人前に扱ってもらえない半端者《はんぱもの》であった。結婚しても「三年子無きは去る」とされ、子無き場合は、一方的に女の落度とされていた。男側に要因があるのに、はずかしめられ、追われた妻は、はかり知れない数にのぼっていただろう。

今は、子が無くても、さびしさよりは、自由さを感じる風潮だ。昔のように、親子の間に緊密な心の絆《きずな》のない場合が多くなった。子が親から離れ、親が子を離れる。せっかく、親子という人間関係が得られたのに、それを大切に味わう気が少ないようだ。わたくしのようにひとりで暮らす者は、素直に親子関係が見られない。仲のよい親子の様子は、なんだか、見せびらかされているようで、まぶしい。

けれど、その「子無き自由を謳歌している」立場のわたくしに、「子どもが無いのですって。気の毒ですね」と、親身な口調で、ほんとうに気の毒そうに言われたお人があった。激職といえるほどの要職に在る五〇代の男性である。わたくしは、その真剣な表情に、はっとした。

「人間はねえ、やっぱり子をもってはじめて人間らしい気持ちになると思いますよ。夜中に子どもの工合が悪くなって、どうしようかと走り回る、『どうか神様、自分の命をちぢめてもいいから、この子を助けてください』と訴えずにいられない気持を一度も味わったことが無いなんて、気の毒ですねえ」

生来、人一倍の子ども好きで、よそのお子を奪いたい衝動に泣いた日もあるわたくしだが、さてとなると、子を拒否した。子無き気楽さになれてしまった。そのわが非人間性を、ずばりと貫く指摘であった。

こういう父は、もし、子がよその子に差別され、いじめられて戻っても、その話をよく聞き、いっしょに考え、やさしく励まし、自信と誇りとを与えることのできる力強い父なのにちがいない。父たる男性から「子無きあわれ」を同情されたことに、まことに新鮮な感動があった。

「お前、朝鮮人やろ」

小学校へ通ううち、何度となくこういう言葉にあうであろう在日朝鮮民族の子弟を思うと、心が痛む。朝鮮人であっても、アメリカ人であっても、どこの国籍の人でも、人間としての尊厳はかわりない。だのに、こうした場合は、尊敬ではなく、軽蔑の、いや悪意のある侮辱的行動なのだ。

「もし『チョーセン！』といじめられたらな、なにも悪いことしてへんのやから、しっかりせなあかんで」

日本で生まれ育った徐勝《ソスン》・徐俊植《ソジュンシク》兄弟は、母国ソウルの大学で勉学中、政治犯として投獄されてしまった。一九七一年春以来、六〇余回も玄界灘を渡って兄弟を励まし、その解放を待ちわびていた呉巳順《オギスン》オモニは、一九八〇年五月、とうとう病気が悪化して亡くなってしまった。

その追悼文集『朝を見ることなく』（教養文庫）には、子どもたちに「ひがませない」「はっきりした気持ちをもたせたい」と心して、子どもたちを育てたオモニの聞き書きがはいっている。

『朝鮮人か』と訊かれたら『ハイッ！　朝鮮人です』ていわなあかんで」

このすばらしい母《オモニ》が、非道な責苦にもめげず志をかえない徐兄弟を生みだした。

貧苦とたたかいながら筋を通した信念を子に伝え、人間としての誇りをはぐくもうとする在日の母たちに比べて、差別をする側の母、あるいは、自ら差別し、差別を放置し、迫害を傍観する日本の社会が情けない。

みすみす否定的な意味で投げかけられたかもしれない「お前、朝鮮人やろ」の言葉を母に告げて、「あの子、うちのこと朝鮮人やて言うてくれた」と、うれしそうににっこりしていた一〇歳の少女がいたという。すばらしい少女の魂。差別する者のほうが、みごと負けている。

他の人格を踏みにじる者は、その時、自分自身の人格を破壊している。その言いしれぬおぞましさを知る時、誰しも、差別者である自分からの解放を願わずにはいられない。

高校教師となって赴任した学校で、「させられるような解放教育なら、せんといてくれ」と、糾弾された若い先生は、かつて考えたこともない現実に悩んだ。教師となるまで知らなかった差別の歴史と、想像もできなかった重い現実。

そこを避けていては、何もまともに理解したり、行動したりすることができない。自分とも、まともにつき合わないこととなる。苦悩の日々、それを聞いたその若い先生のお母さんが、「わたしが悪い、差別についてきちんと教えてこなかったわたしが悪い」と、自分を責めつづけられたとか。

若い先生は、そういうお母さんに慰めと勇気とを与えられた。そして、深く、熱く、具体的に生徒のなかへとけこみ、生徒たちの家庭にもはいってゆかれた。学校でも家庭でも、そして社会でも、行動が教育だ。

わたくしも幼い頃から、自他の差別心とたたかうよろこびを、教えられたかったと思う。何をしていても、差別者である自分につき当る。


（一九八二年八月）

寒村先生の三項目

昨一九八〇年五月一七日の午後、荒畑寒村先生がおいで下さった。以前より足が弱くなっていらっしゃったけれど、気力は人一倍冴えておられた。

毎年、春になると「筍《たけのこ》を食べに」京へいらっしゃる。ところが昨年は、三月の終りから体調を悪くして入院され、四月の西下は無理であった。その予後を案じていたので、思っていたよりもずっとお元気なのがうれしかった。

ロッキード、グラマンその他、数かずの汚濁が露呈された最中の衆議院解散で、めずらしくも衆・参両議員の選挙が同じ日に行われることとなっていた。

「先生、今度の選挙ではなんとか保革逆転ができるかもしれませんね」

と言ったら、言下に、

「駄目ですね。変りませんよ」

とおっしゃった。激しく打ち消す口吻だった。

「でも、ずいぶん汚ならしい実情が国民にもよくわかったのではありませんか」

わたくしは、「あるいは」という希望を棄てることができなかった。

「いや、駄目ですよ。野党がなっていないから、自民が勝ちますね。革新側が日常的に民衆の暮らしの中へはいってゆかず、その心をつかんでいないから、これほど自民が堕落した絶好の好機にも政権がとれない。まったく、僕は何をしてきたんだろう。世界をみても、ソ連にも中国にも問題がありすぎて」

わたくしは、どなたかが先生に寄せられた句「孤高とはかくの如きか雲の峰」に対して答えられた先生の「自嘲の句」を思いだした。

「雲の峰、雷雨ともならで崩れけり」

一六歳の時、幸徳秋水・堺利彦の非戦論・社会主義に共鳴して以来、入獄六度、また密出入国をくりかえしつつ志を守られた七七年。しかもついに、社会主義体制は実現しなかった。折から韓国の光州《クワンジュ》で、おそるべき悲惨な状況がおこりつつあった。何人かの人びとが、京の河原町四条でもハンストに坐っていられる。韓国の古代の出土品が、大阪城城内の博物館で展覧されているのをみてきたところだった。おのずから、金大中氏や金芝河氏をはじめとする民主的政治を願って闘う人びとのことが話にでた。

「先生、金芝河さんが獄中で作られたという讃美歌を、ごいっしょに聞いてくださいな」

帰ろうとして二階から降りてこられた寒村先生に、応接室へ坐ってもらった。かけっぱなしとなっているソノシート「しばられし手の祈り」をまわして、わたくしは扉の外へ出て、流れてくる曲を聞いた。

幾度かけた曲であろうか。一枚目の盤は、とうにかすれてしまった。この曲を聞くたびに胸を熱くし、涙を覚えずにはいられない。同じ獄中に在った朴炯圭《パクヒョンギュ》牧師の作曲が、心通う人びとの思いをこめた名演奏で生かされている。

長き年月　しばられし手よ
長き年月　祈りしこの手

先生は声を張られた。

「これはすごい歌ですね。いったいどんな人が歌っているんですか。どのようにしてできたのですか」

少年のように頰を輝かせ、感動される先生の様子を、わたしは尊いものと拝見した。若人であっても、必ずしもこの問題をわがこととしない人があるのに。先生は純一な集中で、獄中詩のソノシートを求めてくださった。

前に先生へ『日本のなかの朝鮮文化』誌をさしあげたことがある。社長の鄭詔文《チョンジョムン》氏が「遠くからでも逢いたい方だ」と、寒村先生を大切に思っておられることをお伝えしてもいた。鄭詔文氏はこの日、大阪の展覧会へグループの説明役として行っておられた。「飛んで帰ってきます」とおっしゃっていたのだが、猛スピードでわが家へ着かれた時は、もう寒村先生が帰られたあとだった。

今から思うと、くやまれてならない。あの夜、鄭氏とともに先生の宿をたずねたらよかった。お疲れを案じて遠慮したのだけれど、この日の光来が、お迎えした最後の思い出となってしまった。『日本のなかの朝鮮文化』誌に、「きっと『私と朝鮮』を書きますよ」と言っておられたのに、それも夢と化した。

一九八一年三月六日、寒村先生は九三歳のいのちを終えられた。わたくしは一九七六年に出版された『荒畑寒村著作集』(平凡社)の随筆篇に、先生のお名ざしをうけて僭越《せんえつ》と知りながらも解説を書かせていただいた。おかげで、みごとな活写のご文章をたくさん読ませてもらうことができ、先生がどこまでも社会主義運動の実践者であり、文筆は実践の一つの方法であると自負しておられたことを知った。

名著『寒村自伝』の末尾にも「著作を以て生涯を閉じようとするが如きは、かつて予想だにしなかったものを……」と記されている。

亡くなられたあとで、その病床近くに在った封筒の裏へ、「コスモス。ポーランド労組。金大中事件」という三つの項目が書かれているのが見出された。追悼のテレビで、この先生の御字を見た。コスモスは、宇宙の意なのにちがいない。病床でコスモス追究のテレビを見て、はるかな宇宙と人間存在との対応を考えておられたのだろう。ポーランド労組、そして原状復帰どころではない金大中事件と、最後の最期まで心にかかる宿題をメモして、先生は逝かれた。

（一九八一年七月）

語学の講座

世界には、幾通りの言葉があるのだろうか。大国、小国。それに、同じ一国のなかにも、民族や部族によって異なる言葉があり、さらに地域の差があり、方言のなまりがあり……などと考えてゆくと、その多様さにため息をついてしまう。わたくしなど、日本語さえ正確には話せない。大阪弁も、とてもまともには話せない。

テレビを見ていると、英語はもとよりのこと、ドイツ語、フランス語、ロシア語、スペイン語など、ずいぶん多くの語学の講座がある。

言葉は、心。

たとえ正確でなくても、できるだけ心に近い言葉をつかいたいと願う。同じ言葉を話す者同士でも、言葉のゆきちがいというか、受けとりかたのくいちがいで、まったくひどい誤解を生む場合がある。まして、言葉の通わないのは不安である。

一五年前ブラジルへ渡った姪は、ひそかにポルトガル語を習って準備をしていた。ブラジルはポルトガル語圏だから、永住の姪一家の子どもたちは、二人とも日本語よりポルトガル語のほうが自然になっているらしい。

ブラジルは日本と縁が深いと思うけれど、まだ、ポルトガル語の講座はないようだ。以前、中国語の講座をひらくのに努力していた人びとが、疎外されたときいたことがある。日中の国交が回復されなかった昔は、中国へ心をよせる者を危険視する風潮があった。中国語講座をみると、ふと、「今はどうしていらっしゃるか」と思う。

アンニョン、ハシムニカ。

まだ、朝鮮語講座はひらかれないのだろうか。この、もっとも早くひらかれるべき外国語講座が、戦後三七年になる今日もいまだに実現しないのは、何とももどかしい。

これは、かつてその国語を奪い、日本語の使用を強要してきた過去からみても、何につけても交流深い必然性からいっても、大切なことだ。

それがまだなのだ。日本の敗戦によって解放された朝鮮半島は、そのとたんに、住民の意思も聞かれずに分断された。南は大韓民国。北は朝鮮民主主義人民共和国。

分断が、朝鮮民族をひき裂いた。在日の人びとは、日本への感情のみならず、母国の分裂と、さらにその内での対立と不信とが直接ひびく中で生きなければならない。

朝鮮語講座というのか、韓国語講座というのか、そのことだけでもむつかしい問題なのだそうだ。「世界でいちばん美しい言葉だ」と、誇り高く語られる言葉。分断をこえて、一つ言葉の発想は、無理なのだろうか。

アンニョン、ハシムニカ講座。こんにちは講座ではいけないのだろうか。

さまざまに屈折した事情があろうけれど、この講座がいったんひらかれれば、日本語の源とも照らし合わせて学ばれるだろう。

そして、「朝鮮の良さを朝鮮語として覚えてほしい」（金時鐘著『さらされるものと　さらすものと』）と語った李成植《リソンシク》青年の願いも具体化するだろう。

てのひらと太陽

「てのひらをかざして、太陽の光をさえぎることができると、思ってはならない」

一九八二年暮れ、強制移送の形で韓国からアメリカに出国した金大中《キムデジュン》氏は、いのちがけの心労をこえて、なお的確な発言をくりかえす勇気の人である。

日韓両政府は、一〇年前の金大中氏事件の真相究明をあいまいにし「政治決着」をおしつけて両国民を瞞着《まんちゃく》した。しかし真実は世界中の人が知っている。衆知の犯罪源はかばい通されたけれど、目の前で起こった拉致事件のために、それまで韓国事情を見ようとしなかった者にも、両政府の政治や民衆の在りようが、まざまざと見えてきた。

ものやわらかな温顔のなかに、不当に傷つけられ苦しめられた憤りを沈め、なお、

「日本の捜査に協力する用意がある。それは事件に関係した人を処罰することを望むためではない。ふたたび人権蹂躙《じゅうりん》が起こらないように……」

と希望された。ところが、そういう氏の誠実に対して日本側の態度は、まったく消極的だった。あらためて政治的決着をもってすんだことにしているといった高官の発言に、金大中氏は、心の

底から失望されたのであろう。

「てのひらをかざして、太陽の光をさえぎることができると、思ってはならない」

そう言われたという。

金大中氏の表現には、いつも、真剣な美しさが光っている。

非道な事件と知りながら金大中氏の原状回復さえ要求せず、みすみすでっちあげの罪状で「死刑判決」のでた時も、氏の生命を救おうとしなかった日本政府の沈黙。あの時、空おそろしい政府に、わたくしども国民は支配されているのだなと実感したものだ。あれは、金大中氏を見殺しにするだけではなかった。日本の信義、国民の人権を踏みにじることでもあった。

このところ、しぶしぶ動きだしているようだが、何ともいやそうなもたつきが情けない。「国民と政府とは別」と、これまで氏は言われたことがある。しかし、政府と国民とが別だと言えるだろうか。

ハンディーな岩波ブックレットで『金大中氏事件の真実』が出版された。事件当時はまだ少年だった若き友人M氏から「ああ、わが粗国・日本！」と何度も思いながら読んだといって、送られてきた。

誰が、このいとしき血肉のふるさとを、粗国と言いたいだろう。誰もが、そこに生き、暮らす風土を、大切に思っている。文化を誇り、伝統を味わっている。

だからこそ、他国に尊敬される信義を保ちたい。自国の正義感を自らそこねて、おのが国民性をひき下げたくないのだ。そのため、自国のまちがいに心を痛める。

それにしても、明らかに照らしている「太陽の光」を、目にてのひらをかざして「見ない」で、「無い」ことにしているのは、金大中氏事件だけではない。

金大中氏は、この国のてのひらの闇を刺した。

耳塚墳丘

耳は二つ、鼻は一つ。

「老若男女僧俗ニ限ラズ。賤山《しづのやま》ガツニ至ルマデ、アマネク、ナギ切ッテ首級ヲ日本ヘ渡スベキモノ也」（『高麗国ノ軍中御壁書之事』一節）

一五九二（文禄元）年、文治の国、李氏朝鮮へ侵攻した秀吉軍は、戦国時代の血闘にとぎすまされた武断の男たちであった。

信長亡きあと、秀吉はたちまち尊大な権力者となった。一方的に朝鮮へおし渡って、明国まで奪うという。長年の兵乱に疲れていた諸将には、徳川家康をはじめ「秀吉それ狂せるか」（『秀吉譜』）と危ぶむ者がいた。

しかし、正面切って反対すれば、たちまち秀吉に討たれ、滅ぼされてしまう。「さすがに太閤」とか「君に非ざれば」などと追従する。

秀吉軍の侵入した各地では、土着の農民たちが義兵となって抵抗した。名将李舜臣が日本水軍をなやました。日本兵は、ともかく、一人でも多くの朝鮮人の首をあげようと見境がなかった。

陣中の布告にさえ、無差別殺戮《さつりく》を指令している。首級が軍功だ。

ところが、首を日本へ送るのは無理である。はじめは耳で首の証としていたが、耳よりも鼻一つで首一つを示すようになったとか。

『清正高麗陣覚書』には、加藤清正と、小西行長の二人が全羅道で出逢った時、軍兵一人に朝鮮人の鼻を三つずつをあて、その鼻を塩漬けにした大樽を太閤へ送った、それが鼻塚だとある。

一五九六（慶長元）年、明と朝鮮の講和使を追い返した秀吉は、大々的な再攻の士気をあげ、人心をまとめる演出に、鼻塚供養を行った。

京都市東山区、大黒町正面に、以前の鼻塚、いまは耳塚とよぶ墳丘がある。一五九七（慶長二）年九月二八日、五山の僧侶が読経し、見物人があふれたという。この供養は「秀吉の仁慈」と強調された。翌年八月、秀吉は死ぬ。

不当きわまりない侵略と、あくなき収奪と。

相手かまわず殺させた秀吉への深怨が、朝鮮民族の心に沈んでいる。それは明治以来、朝鮮民族を苦しめた数かずの非道とともに、忘れてはならない日本の加害の歴史である。

秀吉に反対であった徳川家康は、李氏朝鮮を大切にして国交を回復した。鎖国の江戸時代に、隣国から朝鮮通信使一行を、一二回も迎えている。

それも正副の官使以下、四、五〇〇名にものぼる大人数の一行を、通過路に当る各藩が全力を傾けて接待し、守護した。宿泊地では、日本の学者や文人たちが、争って信使と交流を得、学問や文化を学んだ。

一七一九（享保四）年、信使一行の製述官として来日した申維翰《シンユハン》の紀行『海游録』（姜在彦《カンジェオン》訳註）には、その美々しい有様がよく描かれている。母国の一行を迎える人垣の中に、涙する朝鮮人もあったことだろう。

一二年前の秋、わたくしは初めて耳塚を仰いだ。鬼哭啾々《きこくしゅうしゅう》の感が、身に迫った。

虚空の指

「今、僕はこの係をしています」

虚空《こくう》に、人さし指をくるりと回転させる人。その指の動きに、たちまち気分が重くなる。たとえ、仕事であっても、命令であっても、いやなことはいやだろう。「まじめに働く」ことが、自分の人間性をひどく歪め、「自分を汚くしている」実感にうめくのは。

どちらかといえば、建て前で動く公務員社会。本音の素顔はベールの下。けれど各自治体の「外国人登録法」の窓口では、みすみす相手に屈辱を強いるつらさに、「指紋の押捺拒否は人間の尊厳を守ろうとする自然な感情だ」と、共感がひろがりつつある。

一九八五年の二月、「今は多くの二世、三世。みんな川崎市民だ」と、拒否者を告発しない決定をした伊藤川崎市長の言に、川崎から京へきて働いている日本人女性は、胸張って語った。

「川崎は労働者の町ですからね。こういうことこそ生きてる、真の文化都市ですよ」

そのあと、京でも一一区長の同じ要望があった。現在、全国で四三の市町村が、「告発しない」方針を定めているときく。

しかし、川崎市の決定にもかかわらず、告発なしで川崎市民の拒否者が逮捕された。そして大阪府警の富田外事課長が「個人的見解」として朝日系のテレビ（一九八五年五月一〇日）で話したのは、国民的反省のまったく無い、侮蔑的な発言だった。

「日本の法律がいやなら自分の国へ帰ればよい。日本生まれ、日本人と同じに育っているというなら帰化すればいい」

いったい誰が、朝鮮民族に不当な日本化を強制し、姓を、誇りを、その生命を、踏みにじってきたのか。日本にしか生活の基盤をもたない人びとの弱みにつけこんで、税金はとるが、投票はじめ市民的権利は与えない。就職、結婚その他、日常的な差別が、差別する日本人の人格を壊しつづけているのに。

国際人権規約に参加しても、その実施にみあう国内法の改革を怠っている。人権平等を守る約束なのに、法が、差別や虐待のよりどころになっているとしたら。何事も二重構造の不信が深い。

在日外国人は、朝鮮民族だけではない。「指紋押捺」を「人権侵害」として拒否している人には、アメリカ人、イタリア人、中国人、日系の外国人もいる。

だが、外国人登録法の運用は、意識的に朝鮮民族を苦しめている場合が多いのではないか。韓国籍・朝鮮籍の人びとは、日本国においてのみ、かく非人間的な扱いをうけている。「どこの国の国籍へ入るも良し。ただ、こんな日本にだけは帰化したくない」と痛憤する声が悲しい。

そして在日韓国人と結婚し、移籍している五〇歳の主婦も「日本人の血が流れる人間として恥ずかしい」と押捺を拒否した。

この問題は、在日外国人の問題ではなく、日本人、私自身の人権問題だ。日常こそ、いのちの舞台。大切にし合って暮らすよろこびのため、いや日本社会のまともな人権確立を願って、小手先のすりかえではない外登法全体の「改正」を望む。

「はざま」からの展望

「日本での生活は、恨み多い『日本語』を〝日本〟に向ける生活ともなりました。私の〝日本〟との対峙は、私を培ってきた私の日本語への、私の報復でもあるものです」

そう記す人は、金《キム》時《シ》鐘《ジョン》氏。

一九二九年、朝鮮元山市に出生した男の子は、小学校二年の時、国語をとりあげられ、四年の時、先祖代々の姓名を日本名に変えさせられた。

朝鮮語を使えば罰し合う児童たち。日本名になっていない子を呼びあげた先生は、「家へ行って日本の名前を持ってこい」と廊下へ追いだしてしまう。「創氏改名」の強要だ。

学ぶことの好きな賢明な少年は、積極的に「皇国臣民」となってゆく。一七歳の時、日本の敗戦によって、朝鮮は朝鮮をとり戻したが、少年は敗れた日本を悲しんで、うつろな気持ちで過ごしていたという。

時鐘氏は、それまで判らなかった父の真意、父なる存在のすぐれた人格と経歴を知った。「ぎっしり本のつまっている部屋をもち、日本の日刊新聞まで取り寄せて読む」にもかかわらず、いっさい「日本語は使わず、洋服も着ない」トルマギ（周衣）姿。もっぱら釣りばかりしていた父は、「三・一万歳《マンセイ》事件にかかわって学校を放逐され」各地を転々、済州島に住むようになった不屈の人であった。

急に忙しくなって釣りどころではなくなった父の、いつも坐っていた突堤で、少年はふと歌をうたう。幼い頃から父の膝で聞いていた歌。朝鮮の言葉で「私が父に和し得た」たった一つのクレメンタインの歌を。

父の悲しみに思い当たり、その父へ「つくし通した母の生涯」を偲ぶひとり息子のうちに、必死で息子のいのちを守ったご両親は息づいていらっしゃる。

『「在日」のはざまで』（立風書房）四九〇頁。一行一行を改めて読みながら、著者の「恨み多い『日本語』」のおかげで、どんなに見えない多くを見せられ、教えられてきたことかを思う。きわめて自律的、個性的。独自の視点と感性に、きつりつする表現。彼我の境界はきっちり明らかとしながら、なお限りなく優しい愛《かな》しみがある。

「私なら私、詩を書いている『金』という私が、なぜ日本に居つづけるのか。在日する私の言い分を、私は私の責任において自己開示しなければ」と。

「朝鮮人の、人間としての復元」を願う著者は、同時に「日本人の、人間としての復元」を求める。日本人が自立していない社会で、どうしてまっとうな間柄がありえよう。人間同士である敬礼が交誼の芯になくては、過去、現在の正確な認識や、良き未来への姿勢が成立しない。

「南と北とを同視野に収めて生きること」こそ、「在日」を活かすものだとの「確信」は、「三、四世達のみずみずしいまなこ」を輝かせるだろう。

指紋押捺、就職、結婚など、住みづらい状況をいまだに強いているこの国の者。こちらもまた、「はざま」からの展望に生きたい。

美しい術《すべ》と書きます。美術とは。

「わたしは、両親に信じられていると、安心しきっていました。幼い時から父母と心のくいちがうことがあまり無くて、他の人はともかく、両親だけは、わたしのすることを理解し、愛しつづけてくれる……、そういう安心がありましたの」

しっかりと、自分を持っている女性です。

敗戦後の誕生、そして、占領行政からも解放されたあとの、いわゆる民主主義教育に育った自由、自主、そのことを支える自分の責任を重く思うTさんのご様子が、すがすがしい印象でした。

初めてお逢いしたのは、もう一〇年余り前になるでしょうか、在日朝鮮民族や、被差別部落の子弟を多くあずかる中学校の、美術の先生となって、次つぎとおこるよろこび悲しみの生徒たちが抱く問題に、積極的に走りまわっていらっしゃる方でした。

美しい術《すべ》と書きます。美術とは。

美に敏感な感受性が、いきいきと活動しなければ、美術への道を選ばれなかったことでしょう。

そして、美を造型する才をつちかって、美を求め、美を再生産し、やがて、形づくった絵や彫刻その他の作品によって、自分の美的理想、精神の希求を表現したい、それで生きてゆきたい……と願われたからこそ、美術教師となられたのでしょう。絵を描く力、彫刻したい衝動のまったくないわが身をかえりみて、文字を使わないで相手に心を伝える美しい術をもたれた方ががた羨ましく思われます。

その生きかた、思春期の生徒たちのただならぬ一喜一憂をともにになって走りまわる愛娘《まなむすめ》のすべてを、信頼し、見守っておられたご両親でしたと。

「ところが、わたしがKさんと結婚したいと打ち明けたとたん、両親はすっかり動顚《どうてん》してしまいました。あんなにわたしを愛し、認め、ゆるしてくれていた両親が」

それは、Tさんの、まったく予測しないほどのとりみだしよう、悲しみようだったそうです。さまざまな哀願と憤怒とがくりかえされたあげく、「それでも」と決意をひるがえさないTさんの結婚式には参加されない、さみしい形となりました。

「どうして、愛し合うことが、こんなに悲嘆となるのでしょう。本来なら、よろこんで祝福してくれるはずのことが。この人こそと思える相手とめぐり逢えて、その人と愛し合え、いっしょに暮らす決意のもてた嬉しさが、どうしてこんなに悲しまれなくてはならないのか」

Tさんが敬愛し、一生の信愛をともにと念じたKさんは、誠実な魂と清い品格をもつ在日朝鮮人の若者です。逢う者をさわやかな気分にまきこんで、余韻をのこしてくださるその青年は、わたくしも何度かお目にかかっていました。その方が、Tさんの配偶者だとは知らなかったのですが。

日本人社会の、重々の差別意識の歪みが、Tさんをうちのめしました。「日本籍にならない限り、一般日本人に在る人権（投票や保証）を認めない」同化政策によって、心ならずも「帰化」された朝鮮民族が多いと思います。「よろこんで」のことではなく、わだかまりを抱えたまま移籍した悲しみを、日本人は、自分の悲しみとしないで、その人びとの前で、平気で朝鮮差別をくりかえしてきました。

『人間の街・大阪・被差別部落』（小池征人監督・青林舎スタッフ制作）という映画でも、被差別部落の青年と愛し合い、結婚した女性たちが、家族や社会からの不当な断絶をしみじみと語るシーンがありました。

人間としてすぐれていることこそ、限りなく人を魅し、深い情愛を抱かせるものです。性というあやしきものをそれぞれの身のなかに備えて、ときに好奇心にかられ、ときに自暴自棄となり、ときに衝動に負けてのめりこんでしまう間柄があります。それも避けがたいうずきの渦巻と申せましょうが。

山坂こえてきた女のひとりとして、わたくしは「興味が消えたあとで、よろこびの芯《しん》となるのは、相手への敬意、その人柄への思慕」と思っています。それが無ければ、どんな「幸福そうな外見」もむなしい。そして「家族があってもそれぞれの個は孤。孤独は不幸ではなく、孤独こそが人間を人間たらしめる個の尊厳」と思いきわめております。

その個の尊厳を踏みにじるのは、非民主社会。対等の人権を大切にしない差別是認の感情が、差別する者の人格を、限りなく堕落させてゆくのではありませんか。差別者であるわたくしの醜さから、すこしでも解放される美しい術の方向へと、日夜、自分の内なる性格に、真剣な願いを重ねます。

Tさんをはじめ、あちこちで愛の苦難に直面していらっしゃる女性たちの困難を超えて真実へ歩まれる姿に、感動の涙を覚えるものです。そして、こういう結婚が当然なのであり、それに感動の涙を覚えずにすむ社会こそ、わたくしどもの解放される日本社会、人類社会らしい社会なのだと信じています。


その絵は、長い髪を垂らしてうつむいた女が、後手にしばられ、電柱に吊されている作品でした。女の口からあふれた血が、沖縄の四季を咲く扶桑花《アカバナ》（ハイビスカス）となって地上に。黒い上部の空間に、菊が二、三輪描かれていました。

儀間比呂志《ぎまひろし》氏の版画展で、沖縄戦の実情を訴えるこの作品の前にたった時、小さな男の子が走ってきて、その絵を指さして叫びました。

「おかあさん、おかあさん、誰がこんなことをしたの！」

わたくしは息をのみました。「誰がしたの」か、この男の子の問いに対して、どう答えることができましょうか。

いそいで男の子を連れにきたおかあさんが、Tさんでした。TさんとKさんとの間に生まれた坊やは三歳。二つの国のまるごとを抱いて生まれてきた美しき魂が、みごとするどい問いを放って匂いたちました。

III 悲しみを「忘れじ」……………………一九九〇―二〇〇四年

本川橋西詰

はじめて、本川橋《ほんかわ》の西詰をたずねた。

何度目の広島になるだろうか。「今度は必ず」と念願していた。その日は寒風の吹きすさぶ日で、「山の方は雪です」と、タクシーの運転者は告げた。

「本川橋の西詰？　何がありますか」

その場所をご存じなかった。

韓国人原爆犠牲者慰霊碑。

むっくりした大亀の背が、頂きに双龍を刻んだ碑をのせている。「二万余霊」とあるけれど、もとより実際に確かな人数は判らない。世界最初の原子爆弾。この日を境に、人類は底しれぬ魔火を自ら吐いて滅びゆく時代に入った。

一瞬の劫火《ごうか》。

この劫火というは壊劫《えこう》（三千世界に生命体の存在しえない世界）の時に起こるという大火を意味する。そうにちがいない。劫火をあびて、「なぜそんなことになったのか」わけもわからぬうちに火だるまとなり、殺されてしまったおびただしい人びと。そのなかにいた朝鮮民族は、死者は屍の扱いに、生きのこった人びとは救出や治療の上に、なお差別をうけたそうだ。

そして。いま、この本川橋のたもとの僅かな空地に建てられた慰霊碑から、本川をへだてた平和公園を見る時、あまりにもひどいへだての遠さ、小ささ。決定的な怒りを覚える。この空地には、数人の人がたてば余地がない。平和公園のあちこちには、さまざまな像や、碑があって、各地から広島を訪れる団体は、必ずそこをめぐる。相当多くの人数でも、集まって話を聞くことができる。

小・中・高の各学校の修学旅行生、原爆資料館に学び、慰霊碑に合掌する人びとも、この韓国人原爆犠牲者の碑には、やって来ない。ほとんどの人が、これまでのわたしと同じように、この場に、この碑のたつことを知らないのか。

いつ挿された花か。そのあたりは落葉と枯れた花、千羽鶴。ろうそくの灯も、すぐに消える。

記されていた文章は、

原爆をあびているのに、なかなか原爆手帳がもらえなかった人。
韓国語がわからなくて「親日派」と差別された人。
学校の先生にいじめられて、バケツをもたされた子。

小学校の六年生らしい。呉市、大阪、東京など地名と校名とが記され、三五名とか、寄せ書きとかが供えられている。そのテーマは、みんな「反戦、反核、平和」である。大阪・高槻市のある小学校の校長先生が、

「うちの児童《こども》たちは、必ずまいります。あんなところにあの碑をそのままにしておくのは、日本人の恥ですよ」

と言っておられたが、小さな人びとは、この地にたってそのことを痛感したにちがいない。広島市の平和公園は、まこと平和をめざすならば、この碑を霊域内に移建してもらいたい。

小さな人びとが献じたテーマの最後に、必ずつけ加えられていたのは「反差別」の文字。そして「統一」の朱書が、目を射た。

これは、確かに

予想をこえて、突如激しく身に迫る音。魂をふるえあがらせる音。

交響詩曲「光州《クワンジュ》よ、永遠に！」の演奏は切っておとされた。ただの激しさではない、「写実的な表現」(作者)だが、それは、魂の気品を帯びて、一九八九年三月九日の夜、大阪のザ・シンフォニーホールに、光州を、光州大虐殺のなかの民衆の良心を、うずかせた。

この音、ああ、この曲。これは確かに光州できこえた音にちがいない。息苦しい。思わず両腕を組んで、胸をかかえて目をとじる。

まぶたによみがえる一九八〇年五月の光州市民の闘い。毅然と胸を張っていた老・壮・若・幼・その男女の姿。殺戮《さつりく》のために非人間と変えられていた兵士たちに追われて、いのちを絶ち、傷つけられ、捕縛されていた若者の像……。

西ドイツに住む作曲家、尹伊桑《ユンイサン》氏が、一九八一年に作られたこの曲には、痛切な臨場感と、深い願いがこもっている。正義を求める民衆の行動に、墓場の沈黙がやってき、そこからの理想がたち上がる……と。

南北いずれも祖国。尹氏は、西ドイツから韓国へ連行され、政治犯として投獄された。その時、西ドイツ政府は当時の韓国朴正熙《パクチョンヒ》政権に、国交にかけて、きびしく尹氏の解放を迫った。ために尹氏は無事、西ドイツへ戻ることができた。

しかし、日本国から拉致《らち》され危険に瀕した金大中《キムデジュン》氏に対して、わが日本政府は何をしたか。その後の氏の数奇な転変に、つねに独裁者側にすりよって指一本も金氏を守らなかった。それは、金氏の人権を見棄てたばかりではなく、全人類の人権、国際信義と、われら日本国民全体の人権を見棄てたことに等しい。

世界各国から信頼される日本国でありたい民衆のひとりは、いま、尹氏の「光州」に灼《や》かれる。楽壇デビュー一〇周年を記念する金洪才《キムホンジェ》氏の熱い指揮と、京都市交響楽団の演奏が力強くその空気を伝え、在日の詩人、金時鐘《キムシジョン》氏『光州詩片』の章句や、韓国の獄から解放された詩人で先だって来日された高銀《コウン》氏の思い放つ朗誦とが、音のなかに去来する。

金洪才氏とは、四年前、同胞コンサート企画で初めてお逢いした。韓国のバイオリニスト丁《チョン》讃宇《チャヌ》氏が出国できなくなって、無念にも共演は成らなかったが、悲しみをこらえて最後までりっぱに指揮されたあの感動は忘れがたい。若き洪才氏の豊かな才華が、美しい志の花と咲くよろこびをたたえる。

「政治音楽というのは、音楽が一つのイデオロギーに服務するための宣伝道具」、この曲は「イデオロギーを超え（中略）〝人間性の尊厳〟がふみにじられる時、真の芸術の使命である〝良心〟が沈黙をやぶってこみあげる表現力を誠実に〝記録〟しただけ」と、作曲家尹氏は語る。解説に「G音のユニゾンから始まり、これが〝良心の蹶起《けっき》〟を象徴」とある。

専門的なことは何も知らない私だが、この冒頭から思わず胸を抱きしめたのは、事実だった。

全域をへだてなく

北といい、南という。

まだ、旅したことはない。それが一つのよろこびとなる日まで、待っている。正直、どちらの体制に対しても、自国に対してと同じように批判をもっている。

けれど、朝鮮半島全域に強いてきた収奪・悲惨の三六年にわたる日本支配および、遠い古代からの歴史を深く思う時、日本人のひとりとしてわたくしは、全域をへだてなく大切にする生きかたがしたい。

三十八度線という米ソ勢力による分断は、日本の敗戦によって長年の不幸から独立した朝鮮民族に、新たな不幸をもたらした。分断された地に住む人びとはもとより、世界各地に暮らす朝鮮族五〇〇〇万の人びとが、どんなに重い悲しみをにない、何につけても「どちらも母国なのに」のせつなさを抱かれることかを想像する。

国会での党利党略。パチンコ疑惑かけひきと、朝鮮総連への公然たる敵視、差別発言は、何ともいやしい内容で耐えがたかった。こういう放言が過去への反省なき尊大な思い上がりから、そして米国にくみする立場から、一方的に放たれることへの、身のすくむ思いを、どう表現すればいいのか。民心を悪しき民族的偏見に追いたてる意図。

またしても、各地で朝鮮学校の児童や生徒たちが日本人に暴行されたり、侮辱されたりしているときく。二年前にタイ上空でおこった「大韓航空機行方不明」の時も、こういうことがあって、「自分たち日本人のなかに何がひそむか」と、自らをうとましく、恥ずかしく思わずにいられなかった。

チマ・チョゴリの大好きなわたくしは、そのチマ・チョゴリを着て通う女子高校生を、中年の男性がののしりながら服を引き裂いたなどと読むと、まるで、自分が引き裂かれているような恐怖と憤りにみたされる。いったい、その女子高校生が、その男に何をしたか。

そこにもし居合わせたとしたら、わたくしは女子高校生を身をもってかばう行動に出ることができるか。見て見ぬふりをして素通りする自分ではないか。加害者と、加害を黙認するこの社会を思うと、「国際化」どころではない基本的人権のわが腐敗を実感して、暗澹《あんたん》とする。

取り消して済むことではないが、日本当局は、さきの暴言を陳謝して在日の朝鮮民族を保護する決意を明らかにすべきだ。世界にちらばっている日本人自身の問題、そして在日するすべての外国人の問題である。

こんな事件が起こると、韓国籍の人だって、どんなにか不愉快、心傷まれることだろう。大韓民国に対しても、無礼ではないのか。互いに「平和的統一」がめざされている朝鮮民主主義人民共和国に対する日本政府の悪罵《あくば》は。

素直な一対一。国籍のいかんを問わず、よき人間性の国際未来を求め合うすばらしい友人たちに学ぶ。批判も、疑問も、異見も、尊敬しているからこそ率直に言い合えるのだ。

ひとりのおいのち

ひとりのおいのちが消えました。

満七〇年の、この世でした。

六つの時に一家をあげて、京の町へ移ってきた鄭詔文《チョンジョムン》さん。美しい本名を使わせない日本、貧しく肩よせ合って暮らす人びとに、何かというと「チョーセン」と冷酷な石のことばが投げつけられて。

「どうしてこんな所にいるの？」

純な瞳は曇りました。

西陣の機屋《はたや》へ、丁稚奉公にだされたのは、八つか、九つか。さみしかった。おなかがすいた。オモニ（母）がこいしかった。家を探して。迷いながらたどりつくと、

「どーした、いまごろ！」

オモニは泣きました。若くして朝鮮独立を志していたアボジ（父）は、黙って知らぬふり。ハルモニ（祖母）は孫を抱きしめて、

「食べられなくてもいい、この子をここに置いて」と離さない。

少年は初めて小学校の四年にはいった時から、勉強が大好き。いじめぬかれるのをじっとこらえて、とうとう「ワッ」とくみついて。それからは仲よしになります。公平に、少年側にたつ先生でした。五年生で級長、卒業には総代として答辞を。

「あのころは宝のような思い出です」

日本の敗戦で、朝鮮半島は解放されましたが、何ということ、三十八度線で分断されて戦争まで起こって。世界に生きる朝鮮民族にはその全域がひとつ祖国なのに。日本人にとっても歴史始まる以前から、脈々と伝えられてきた確かな源流の祖です。

四〇年前、みごとな白磁の壺を「あなたの先祖が造られたもの」と教えられた鄭さんの美感覚は、清らかに燃える志となりました。統一を願い、在日子弟によろこびと誇りの道を歩ませたい……。

一点一点、妻の呉連順《オリョンスン》さんといっしょに借金しながら収集した美術品、民族資料千八百点を惜しげなく寄付。国を超えた理解にかがやく小さな高麗《こうらい》美術館の開館は、昨一九八八年秋の京の大きな賛嘆でした。

その日を待ちかねてのおいのちでしたか。

いまは亡き人の、ふるさとは忘憂里《マンウリ》。

自然な願い

大阪空港の人波のなかにいて、わたくしは「とうとう生きて姿を見せて下さった」徐勝《ソスン》氏を迎え、胸がいっぱいでした。

ご存じ、一九七一年四月、京都嵐山からソウル大学に留学中、突然、北のスパイ容疑で逮捕された徐勝・徐俊植《ジュンシク》兄弟。「北も南も同じ祖国。統一してほしい」という自然な願いを逆手にとられた、典型的な政治事件でした。

ひとくちに一九年と申しますが、この長い日々。勝さんが自死をはかって大火傷をしたほどの責め苦、死刑から二〇年へと減刑される間の韓国政権の変化、転向を強いられる拷問、たびたび繰りかえされた非道への抗議のハンスト。

二年前の俊植氏釈放、そして一九九〇年二月末の勝氏仮釈放。五月、「真っすぐな気持ちを大切に」と一貫して子を信頼しつづけられたオモニ呉巳順《オギスン》さんのご命日に間に合うよう、墓前報告に渡日された勝さんでした。

『徐兄弟獄中からの手紙』（岩波新書）、『朝を見ることなく』（教養文庫）、『長くきびしい道のり』

（影書房）など、徐兄弟の手紙や獄中での在りかた、オモニの生涯の聞き書き、末弟の徐京植《キョンシク》氏のお話や文章に、「人間として何が大事か」を教えられてきました。

この差別の濃い日本社会に、いかに不当な苦しみが現存し、それを助長する要素が多いかに思い当たり、その構成員のひとりとしての自分に、胸痛みつづけるものです。

光州《クワンジュ》惨害の一九八〇年五月二〇日に亡くなられた呉巳順さんは、生前、六十余回もの面会に通い、ガンに苦しみながらも、

「何にも悪いことをしていない子どもたちに『転向せえ』とは言えない」

と、保安司令部からの指令にも従われませんでした。

視野にはいった勝さんの、その構えのない自然な物腰、そして淡々と、堂々と、気どりなく話される様子に、説明の不要な、純粋なよろこびを感じました。まことに、自然な、真っすぐなお人柄。姿勢を正さなくてはならないのは、獄外の自分でした。

ひっそり死

「元従軍慰安婦ひっそり死」という見出し（『琉球新報』）の記事が、ペポンギさん、七七歳の死を伝えていました。裵奉奇と名づけられ、忠清南道の風物に育たれたその女性が、一九四四年秋、韓国釜山から沖縄の日本軍特攻基地に強制連行されたお人です。

一九九一年一〇月一八日、裵《ペ》さんの姿が見えないことに気づいたアパートの人びとの訴えで、那覇署員が、那覇前島のアパートの部屋にはいって、ひとり息絶えているその人を見出しましたとか。亡くなって、もう五日間も、経っていたとのこと。

この夏、朴寿南《パクスナム》監督作のドキュメンタリー映画「もうひとつのヒロシマ」につづく「アリランのうた・オキナワからの証言」を見ました。戦争中、当時のわたくしと同じ年代の男性が、朝鮮各地から強制連行されて重労働の軍夫とされ、女性は、否応なく従軍慰安婦にされてしまったのです。軍事機密とされていたそのことを、わたくしどもは、まったく知りませんでした。

皇軍・聖戦・神兵……。そこに性的な従軍慰安婦が存在するなんて、それも、ほとんどが朝鮮半島から強引に奪ってきた若い女性たちだったなんて。

「アジア・太平洋地域の戦争犠牲者に思いを馳《は》せ、心に刻む集会」で、「山口県労務報国会」の動員部長として、朝鮮人強制連行の任務についていた吉田清治氏の話を直接ききました。

一九四三年、四四年、実際に「皇軍慰問朝鮮人女子挺身《ていしん》隊動員」の軍命をうけて各地におもむき、「目的の村を包囲してしまうのです」と。

少女もいた、また、胸に赤ちゃんを抱く若い母もいた、まつわりつく幼児をひっぱがして、泣きさけぶ女性たちをむりやり護送車にのせて連れ去ったそうです。貞淑を基本とする儒教社会に育った女性たちの屈辱と絶望が、どんなに深かったか、想像もできません。

「アリランのうた」の画面に何とも優しい、いい表情でいらしたペポンギさん。とり返しのつかないあなたのいのちに、すさまじいかなしみを強いた日本の女は、言葉もなく涙をのみこんでいます。さみしい、さみしい。

美に学ぶ

器、道具、着るもの。

わたくしは、人の生活を支えている暮らし必需の品々に感謝しています。余分なものは要らなくて、どうしても必要なものには心に叶《かな》う、手に合う、ていねいに創《つく》られた品々を。

白磁台付隅切鉢。あ、幼いころから白磁がとくに好きでした。同じ白でも、いろんな白の顔色がありますね。この李朝の白磁と、伊万里《いまり》白磁 鎬《しのぎ》深鉢、白磁角重筥《じゅうばこ》もいいな。

鳥取民芸美術館（鳥取市栄町）へはいった同行九人。それぞれが好もしい展示品の前にたったり、椅子に坐って話し合ったりしていました。

貴族的文化を尊び、民衆の生活文化を「美」としては見てこなかった歴史的価値観が、大正年間、柳宗悦《やなぎむねよし》氏の提唱された「民芸」理念によって革命的な視野をひらかれました。

いまは各地にありますが、この鳥取にいち早く民芸専門店「たくみ」を開店された吉田 璋也《しょうや》氏は、柳宗悦著『工芸の道』を、「美による社会改革運動の一つ」といわれました。

柳氏は当時、日本の植民地とされ踏みにじられていた朝鮮半島に渡って、李朝白磁に驚嘆されたようです。茶道では白磁や高麗《こうらい》青磁、井戸茶碗など、もてはやされていましたが、その名器を生んだ土地や民衆への尊敬は語られていませんでした。

柳氏は、朝鮮民族への敬愛を数かずの行動に移し、それまでの美意識を根底から揺り動かせたのです。国内各地の古い作品や、地道な職方も改めて見直されました。

瀬戸・肥前・苗代《なわしろ》川・唐津……次つぎと並ぶ無銘の壺《つぼ》、鉢の一つ一つに作者を問わぬよろこび。細くてつよい木の手すりをつたって上がった二階の、朱塗手提髪結簞笥《てさげかみゆいたんす》のそばで、ふっくらまろい真鍮《しんちゅう》の薬罐《やかん》を見ました。抱いてみたいほど大らかながやく薬罐、どういう方の制作か、やはり朝鮮の丹念な品でした。

貴重品となった民芸に、刻々変わる世界や生活風俗が思われます。用の美の在りかたは変化してゆくかもしれませんが、美への感動が人間仲間への愛を深めた柳思想は、いつも新しくて。

（一九九二年一一月）

白磁の骨壺

二〇センチ立方ほどの、箱が届いて、ま、何かしら。お手紙が添えられていました。

神戸の女性陶芸家、金正郁《キムジョンウク》さんです。

「一月一七日の物凄い揺れに、五月に予定していた作品展のために用意していた品は、窯《かま》もろとも、めちゃめちゃになってしまいました。お約束していた骨壺、せめて三個をお目にかけて、その中から一個を選んでもらうつもりでしたが、いつになるか、とても無理。家中の品が飛び割れた中で、この箱におさめていた壺だけが、落ちましたけれども無事でした。これも何かの縁と思いますので、どうかこれをおさめて下さい」

とのこと。金正郁さんに、「ねえ、私にも骨壺を作って下さいね」と、お願いしたのは、高麗《こうらい》美術館の初代理事長鄭詔文《チョンジョムン》氏が亡くなられた時、誰も予想していなかった急逝（一九八九年三月）で、千人もの涙のお見送りに、故人に何彼と陶磁について意見をきかれていた正郁さん作のお壺にお骨がおさめられたと聞いたことが、心に在ったからでしょう。

心通う思慕の仲間と、お墓まいりにのぼる山道で、正郁さんにそうお願いしたのでした。

「いや、まだ早いですよ」

「いえね、これはいつなんどきかわかりませんからね」

ふと少女のように思われる金正郁さん。小さな時から美術が好きで、兵庫高校を卒業し、たまたま、ろくろで土をこねてみたのがその喜びの行方となって、以来独学、お家の庭に窯を設置されたのが一九七七年七月ということで、もう二〇年近い作陶の歴史を重ねてこられました。

一九八〇年に鄭詔文氏と出会って、李朝白磁、高麗青磁などを実物を眺めながら語り合われた由、そのとき「いい仕事をしなさいよ」と励まされたのではないでしょうか、それから本名で作品を発表されるようになったそうです。

鄭詔文氏が、お兄さんの鄭《チョン》貴文《キムン》氏とともに創刊された季刊の『日本のなかの朝鮮文化』誌に私も座談会で、参加、金達寿《キムタルス》氏、李進熙《イジンヒ》氏、金時鐘《キムシジョン》氏ほか、朝鮮人、日本人のすばらしい歴史、美術、考古学の先生方とお目にかかって学ぶことができました。

初めて朝鮮文化社のおかれていた鄭家へ伺った時、蓋の無い白磁の壺を見せてもらいました。

鄭詔文氏は、六つの時、母国から京へこられ、朝鮮半島の文化がどんなにすばらしいものか、何一つ教えられない強制の「皇民化教育」を受けて育ち、差別社会を耐えてこられたのですが、日本の敗戦後、ある古道具店でこの壺の美しさに魅され、それが「李朝白磁ですよ、あなた方のご先祖の造られた品」と店主に聞かされたそうです。深い感動に美感覚と志とをふるいたたせて、以後みごとな生涯の目標を定められました。

季刊誌終了後、心をこめて集めてこられた朝鮮美術工芸、民俗資料など千七百点を「これは個人のものではない」と、林屋辰三郎先生を館長とする財団法人高麗《こうらい》美術館に寄附され、「南も北もともに祖国。ここはワンコリアの場で、朝鮮民族のルーツと歴史の証《あかし》を在日の自信としたい。外国の人びとは理解を深めてほしい」との願いに、一九八八年一〇月、忘れられない開館の喜びがありました。

ところが、その時はもうご病気だったんです。五か月後に急逝。二代目理事長は、ご苦労をともになさった呉連順《オリョンスン》夫人です。

金正郁さんとも、朝鮮文化社あってのめぐり逢い。優しくて、勁《つよ》く明るいご性格が、その多様な表現造型力に活きています。神戸や奈良、東京など各地での個展が好評で、いっしょに見た友人たちが、すぐファンになります。日常必須の器、花瓶、詩人金時鐘氏の短章を陶板に焼きつけた合作もあって、いきいきユーモラスなお面《めん》も見ました。

一九九五年一月一七日早暁の阪神大地震。

被災地区の知友へ安否をたしかめる電話に泣き疲れ、ようやく正郁さんの「家中荒れてしまいましたけど、元気よ」としっかりしたお声が聞けた時の嬉しかったこと。

その正郁さんの包まれた箱、息をのんで開きました。鬱金《うこん》の布を、そっと除きます。

なんと美しい白磁でしょう。

口、肩、胴、なんと姿の佳い形でしょう。ほどのいい、抱きしめたい壺の肌りんりんと光っています。吸いこまれそうな骨壺の蓋に、染付《そめつけ》の魚が取っ手についていて。

「これは気高い壺だこと。私などの骨を入れるなんて、もったいなさ過ぎる……」

正直、その感動に、ずっと床の間へ飾っています。親しい客人たちがみえると、応接間へ壺を抱いていってお見せし、「いいでしょ、いいでしょ」と大よろこび。

先日、金正郁さん、金時鐘詩人、藤野雅之共同通信社支局長、上田正昭大阪女子大学長のお顔がそろった時、この壺をご披露しましたら、歴史家上田正昭氏がすぐに言われました。

「これは骨壺にするのは惜しい。これだけの作品は、あまりありませんよ」

ほんとうに本音を語られる方なればこそ、「惜しい」と言われたのです。何世紀も前の作品のように、後世に遺しておきたい白磁の気品。私はここに入る資格を失い、さまよってます。

「これは内が明るくて、心をこめて作られたことがよくわかりますね。取っ手の魚の意味を聞きたい」

と冠嶽山、村井宏彰師がおっしゃるので、改めて聞きますと、正郁さんは、「あなたが魚座だから」って。思わず泣いてしまいました。

（一九九六年一月）

筑豊・悲しみを「忘れじ」

『日本書紀』『古事記』――読めば読むほどめまぐるしくて、さまざまなエピソード・物語の出入り多く、何がほんとうなのか、私のような非学の者には、わかりません。それでも少女のころから、同じ歴史でも、古代史に興味がありました。

日本の列島へどんなに多くの渡来人があり、学問や美術、宗教、技術その他が、日本海側からも、九州へも、瀬戸内からも、豊かに伝えられてきましたでしょうか。朝鮮半島は中国大陸・台湾・沖縄とも交流深く、歴史からみて、日本の祖の国と言わずにいられない実感があります。

とてもこの虚弱なからだでは行けないと思っていた韓国へ、朴菖熙《パクチャンヒ》先生ご夫妻のお蔭でまいることができました。

朴菖熙先生は、韓国と日本との若者交流に尽された韓国外語大学教授で、ひたすら愛・人権で励ましつづけ、あの松代《まつしろ》大本営跡、「慰安婦」問題を、はっきり日本へ提起された立派な方です。だのに当時（一九九五年四月）、韓国の国家安全企画部によってソウルのご自宅で拘束され、獄中で無実を訴えられました。

各地に先生を思慕する人びとが多く、懸命の救援・弁護運動をされました。

私は京にお住まいの金鐘八《キムジョンパル》氏からお手紙をもらって、『岡部伊都子集』全五巻（岩波書店）を、獄中の先生に差し入れて下さったことを知り、それから朴先生と文通させてもらいました。

やはり若い人びとを大切に指導されているロゴス塾代表の金鐘八氏は、金大中《キムデジュン》氏が大統領となったので一九九八年四月、特赦で釈放され、九九年四月公民権を復活され、五月に京都へこられた朴菖熙先生ご夫妻に、私を逢わせて下さったのでした。

その朴先生と、『岡部伊都子集』の編集担当だった高林寛子さんとが何度も打ち合わせして、「光州事件二〇周年」の二〇〇〇年に、「生きている間に一度でも」と願っていた韓国へ、私を連れていって下さいました。

釜山《プサン》空港へ着くと、朴先生ご夫妻が走り寄って、両側から私を支えて下さいました。何も彼もお任せしっぱなしの私は、先生ご夫妻のお友だちのくるまで、慶州《キョンジュ》へ。そこで一泊して光州《クワンジュ》広域市へ。

なんと美しい風景でしょう。私は、くるまに乗せてもらって窓外に移る風景を見ながら、なぜか「国のまほろば」という古語を、思いだしていました。『日本書紀』の景行一七年の項に「日向《ひむか》」から京都《みやこ》を憶《しの》ぶ歌が記されています。その三行の中の一行、

倭《やまと》は　國のまほらま　疊《たたな》づく　青垣《あをかき》　山籠《やまこも》れる　倭《やまと》し麗《うるは》し

ですって。「まほろば」は「真秀《マホ》」に、漠然と状態を示す意の接尾辞、ラを足している「ま・ほ・ら」が原点、「すぐれたよい所・国」という意です。

ほんとうに、その一行の詩そっくりの風景でした。青葉若葉の中を通らせてもらう道の清潔なこと、なだらかな山、また山、どこまでも続く多様な山々のうるわしいこと。高原盆地と思われる所に田畑があったりお家があったりして、自分は今どこにいるのかしらと、時代も現実も超えた夢気分でした。

けれど、私のような日本人が、こんな気分で通らせてもらっていいのでしょうか。日本が武力をもって強制的に朝鮮半島を併合し、日本植民地としてしまった残酷な現実。一九四五年八月一五日、日本敗戦までの三六年間、いかに酷薄な恐ろしい思いを朝鮮民族に強いたことでしょう。

創氏改名や強制連行、命を奪い、言葉を奪い、美しい造型・出土品をも奪った「略奪」。その間、日本は、朝鮮の歴史や文化をまったく大事にしないのですから。皇民化政策で、奪うだけ奪って、それを創りだした人びとを、民族を踏みにじった無礼の数かず……みすみす日本に殺されてしまった人びとを偲んで、今更、胸痛む思いでいっぱいでした。

私は免疫学者・多田富雄先生が創られた「望恨歌《ぼうこんか》」というお能を拝見したことがあります。朝鮮から強制連行され、筑豊炭鉱で死んでしまった李東人という若者が、結婚してたった一年で連行されてしまい、死ぬまでに書いた故郷の妻に宛てた手紙を、九州八幡の僧侶が手に入れたので、それを何とか、朝鮮全羅道《ぜんらどう》丹月という所にいるはずの妻（すでに七十路に余る老婆）に渡したくて、やってきます。

能の舞台に、チマ・チョゴリ。

「私は朝鮮の老女に恨みの舞を舞わせることに、現代的な必然性を感じていた」と、多田先生の思いもあふれて。

妻はその手紙を渡されると、「アア、イゼヤマンナンネ（あぁ、再び見ゆることかな）」と叫び、恨みの舞を舞います。

此の恨み尽くるまじ
忘れじや　忘れじ
かかる思ひはまたあるまじや
忘れじや　忘るまじ

まこと、こういう苦悩を強制した日本の罪を、私たち日本人は忘れてはなりません。

一九六〇年に『追われゆく坑夫たち』(岩波新書)を書かれた上野英信氏を筑豊にたずねた時、筑豊のボタ山、ボタ山からにじみでる鉱毒の水が、濃いパステル色の池のようにたまっているのを見ました。

英信・晴子ご夫妻に連れていってもらって、素掘りの小ヤマの坑道へ入りました。つき当った穴の底で、ひとりの男性がツルハシで掘っておられ、先に昇って待っていますと、その方がよろよろ昇ってみえました。年齢のほどもわからない、疲れはてた炭鉱労働者でした。

その方と煙草をのみ合われ、お別れする時に上野氏が「どうぞ、ご安全に……」と言われたことを忘れません。あの時、坑道をさがった時に持ったカンテラを、今も大切に本棚の上に置いています。上野ご夫妻の間には上野朱《あかし》さんという一人息子さんがいらして、みごとなお二人の志を守っていらっしゃいます。ご夫妻はすでに亡くなられましたが、上野晴子著『キジバトの記』(海鳥社)が朱氏のお手で編まれ、出版。またこのたび上野朱著『蕨《わらび》の家——上野英信と晴子』(海鳥社)が出版されました。

書ききれないほど数多くの著作がある上野英信氏ですが、その中の『どきゅめんと筑豊・この国の火床に生きて』(社会新報)では、朝鮮人労働者が敗戦前の一九四四年には一二万八千、それももっと上回るものと推定。

その大部分が「国民徴用」と「官斡旋」による強制連行であった。この凶暴きわまりない帝国主義的「奴隷狩り」については、すでに幾多の調査記録や証言によって明白（中略）炭鉱における残忍な非人間的虐待と差別についても、同様である。

そして、上野氏が「地底のアウシュヴィッツ」とよぶ炭鉱では、日本人で犯罪収監されていた人びとや、被差別部落から連行された人も多く働き、言い知れぬ貧苦、残忍な仕打ちが続いていたのでした。

ろくに故郷への連絡もとれない、教育をうける自由もない若者は、哀号《アイゴウ》！と叫ぶ力さえ奪われてしまったことでしょう。『ナージャの村』で、チェルノブイリやベラルーシの記録を書かれている本橋成一氏が、現在の筑豊を歩いていらっしゃるNHKテレビの番組（二〇〇〇年二月一六日）で、おびただしい落盤事故で亡くなった人びと、その遺族が「殺された」肉親を思って焼酎、万年床で老いを過していらっしゃる様子を見ました。

はいつくばって地底の労働に苦しめられている時、心の底から叫ばれたであろう「オモニ！」という文字が、坑道の壁に刻まれていた事実を、思いだしました。

ほとんどの日本の文化は、歴史的にみて朝鮮の流れを受けています。尊ぶべき祖の国の歴史、日本は自分の祖先を重ねて大切に認識して、これまでの無礼を率直に詫びなければなりません。

今日（二〇〇〇年六月一三日）は、南北会談がはじめて可能になった記念の日。世界人類の平和を願って、正義と勇気をもち、仲良くする喜びに生きましょう。

（二〇〇〇年六月）

私のうそ

二〇〇二年九月、小泉純一郎首相がついに日本初の朝鮮民主主義人民共和国訪問を果しました。これまで国交の無かった北朝鮮。日本が強引に朝鮮半島全域を「植民地」として苦しめてきた過去。日本の敗戦後、米露のあとおしで李氏朝鮮は三十八度線で分断、南北戦争の悲惨があって、日本は韓国とだけ交流していたのでした。

今回の日朝首脳会談は「拉致事件」を或る程度明らかにする成果があり、金正日《キムジョンイル》総書記が自ら拉致事件の現実を認め、拉致された人びとの生死、そして謝罪を表明しましたが。

突然の行方不明以来、長年その人の運命を心配しつづけてこられた拉致被害者の家族にとって、どんなに納得し難い報告だったでしょうか。苦悩、不安、まったく重い悲しみであらたな憤りに燃えずにはいられません。しかし、ここからの国交回復……。

日々、大きな紙面で拉致問題の現状が伝えられますけれど、私には真実どういうことがあったのか、報告書にも多くの矛盾や疑問があって、よくわかりません。

被害者家族のお話のなかには『拉致調査』なんて、全部うそじゃないか、信じられない」と徹底的不信のお声がきこえます。信じられないことばっかり。国家は個人を守らない、守れない……こんな痛ましい現実は、かつて日本が朝鮮半島から多くの人びとを否応なく強制連行した事実、東南アジア各地で民衆を苦しめてきたことでもあります。

うそ八百。ほんとうに公私ともに、うそでしかない印象が切ない歴史の事実でしょう。中には真実もあるでしょうが、「国」とか「民族」とか「連帯拒否」とか「個」とか。ただならぬ陰影のなかに何が含まれていますのか。

この間、道浦母都子《みちうらもとこ》さんから御著『聲のさざなみ』(文化出版局)をいただきました。思い出しました。四年前、道浦さんが私宅に来て下さったことを。この一冊に集められている鶴見和子さんはじめ一〇人の人びとは、道浦さんだからこそ、心を開いて話し、生活をさらけだすことができたのでしょう。話していた自分自身、もう記憶が薄れていて、道浦さんがちゃんと受けとめて書いて下さっていた自分の言葉。

……七年間の結婚生活に終止符をうち、母のもとへと戻ったのが三〇歳の春。

――私が独りになっていちばん嬉しかったんは、もう世間に対して嘘ついてへん。自分の正体を明らかにしたよ、これで。私ってやつはこういうやつなんだから、そのつもりでつき合ってね、そう言えるようになったこと。

そしてもう一つの貴重な思い出、高橋和巳氏が私を評して下さった話も書いて下さっていました。今は亡き高橋和巳氏が、私の『古都ひとり』に対して、「この人は、休火山、表面静かな休火山だが、いつ爆発するかもしれないどろどろの熔岩が熱くいっぱいにつまっているのを感じる」と言われたことを。ずっと今も「言いたいこと言い」の私。

うそを明らかにして、公私ともに平和をと、願っています。

（二〇〇二年一二月）

朴先生からの電話

二〇〇三年、元日の朝一〇時に電話のベルが鳴りました。いわば今年の初電話。どなたかしらと思って受話器をとりましたら、何と、思いがけないソウルから、朴菖熙《パクチャンヒ》先生が「おめでとう、元気ですか」と、励まして下さいました。裵卿娥《ペキョンア》奥様も優しいお声で「伊っちゃん」って。

じつはその前日、大晦日のテレビで、韓国各地が大規模な反米集会に揺れている様子を流していました。それは米国軍駐留を受け入れている韓国民衆の、耐え忍んでいた憤りの沸騰する一面のろうそくの火、ソウルでは光化門前に約一万七千人の市民が集結したとのことでした。

これは在韓米軍の装甲車が、女子中学生二人をはねて死亡させたのに、米軍がその兵士を無罪としたことに抗議した一二月七日のデモ、次に一二月一四日に集った反米デモに重ねて「米韓地位協定の改革！」「ブッシュは謝れ！」と叫び怒る道いっぱい、広場いっぱいにあふれた市民の抗議デモに参加する一人一人のいのち燃える炎が迫ってくるようでした。

今年初の朴先生のお声に、「ソウルの現状は？」「この問題についての先生のお考えは？」と言いかけて、とても、それどころではないと、息をのんでしまいました。

朴先生が、どんなに若者を愛して人間愛の集会や行動を重ねてこられたか、そして困難な辛苦を経てこられたか、存じあげている私には、ご夫妻が悲憤にまみれながらも、冷静にすべてを見通しておられる真の勁《つよ》さを実感せずにはいられません。

日本本土でも、沖縄でも、在日、在沖米軍兵士の女性問題はあとを断ちません。女性を人間として扱わない支配が、いまも当然のように米軍にゆき渡っています。日本の軍隊でも、戦争や植民地政策に渡った国々で、どんなに恐ろしいことをしてきたでしょうか。

いのちを軽んじる権力で「平等な関係」の成立するはずがありません。一二月一九日、韓国の新大統領に、庶民であり、新千年民主党の盧武鉉《ノムヒョン》氏が、若い人びとの賛同を得て当選されたうれしさ……。人権派の弁護士として、地道な人びとの幸福を考えておられることに「これから」の韓国社会を思います。

だのに、米国は世界最強を誇って、苦しむ国の弱者を愛し尊ぼうとはしません。私たちにとっても「ふれあういのち」民主社会は、いのちがけの愛。「自分のこと」「いのちのこと」「いのちに育つ魂のこと」。闘わねばならないことばかりです。

（二〇〇三年一月）

一対の生き雛への祈り

「道を歩いていたら突然男三人に襲われて口をふさがれ、袋に詰められて小船に乗せられた」と語る佐渡の曾我ひとみさん。こういう風にして、これまで多くの人びとが北朝鮮に拉致されていたことを、私たちはまったく知りませんでした。知らされませんでした。

二〇〇二年一〇月、初めて次つぎと明らかにされる拉致事件の驚き。拉致被害者が五人、日本の地を踏まれましたが、北朝鮮は自国の人民も貧窮のため食べられず、餓死する人、子どもの死も多いとききます。

その北朝鮮へ、二四年も前に拉致された方がたの恐怖、また不意に姿の消えた愛しい人の行方、安否もわからぬまま案じ通されたご家族を思い、「拉致した」と言明する金正日総書記に、言い知れぬ憤りを覚えて。

しかし、明治以来、日本は朝鮮半島を植民地化、どんなにひどい住民虐待、殺戮《さつりく》、強制連行してきたか、無惨の悪が思い出されて、過去の歴史、現在の事実に涙するばかりです。

どんなにか故郷のお家に帰りたい、両親、兄妹に逢いたいと願いつづけながらも、北朝鮮の命に従うほかない状況。息をひそめ、涙流して苦しまれる日々。拉致された生活の中でめぐり逢って結婚された二組のご夫妻、地村保志氏と浜本富貴恵さん、蓮池薫氏と奥土祐木子さん、それこそ想像もできない理解と愛の深さでしょう。夫である元米兵を残してきた曾我ひとみさん、それぞれにお子さんを北朝鮮に残され、さぞ複雑な思いでしょう。

雛《ひな》祭りする保育園、幼稚園、雛壇を飾って小さな人たちが「灯りをつけましょ雪洞《ぼんぼり》に」と、雛祭りの歌を歌っています。

帰国のみなさんも、昔なつかしい歌を思い出していらっしゃるのではないでしょうか。

三五年前、京へ移り住んですぐ、京雛の名作家面竹《めんたけ》先生にお願いして、お作の気品高い京雛を床の間の雛壇に飾っていました。私の幼時の思い出深い雛は、米軍の大阪大空襲で、もう何もありませんから。その京雛を日本玩具博物館に寄付したあと、やはり京都で小籠にはいった豆雛を見つけて、うれしく客人とわけ合いました。

男雛《おびな》と女雛《めびな》。仲良く並び寄り添っている男と女を大切に祭る喜び……世界中に共通する男女相愛の祈りですね。敬愛する家族がむざんに引き裂かれる拉致など起らないように、歓喜、苦悩をともに味わって、どこまでも希望をもって支え合い生きてゆける一対の生き雛さま。

今年二〇〇三年は、四月四日が旧暦弥生の雛祭り。

（二〇〇三年三月）

韓国に在る思い

三年前の五月のように、東京から京都まで私を迎えに来て支えて下さった高林寛子様と、再び韓国の仁川空港に舞い降りました。

二〇〇三年一〇月二九日から一一月二日まで。美しく晴れたみごとな錦秋の日々。空港に着いた途端、何から何まで、すべてをとり計らって下さった朴《パク》菖《チャン》熙《ヒ》先生ご夫妻のお顔が見えて、ほっと安堵いたしました。

そして、朴先生が翻訳して韓国語版を出版して下さった小著『シカの白ちゃん』を読まれたという一一、二歳のご姉弟が、かわいく微笑しながら、花束を下さったんです。その花の香り高さ……、特別に花の香りを研究して栽培していらっしゃるというお父上のお花を、そのお子さん方にいただいて、わざわざ迎えて下さった何人もの先生方に、胸いっぱいのお辞儀をしました。

恥かしいことに私はハングルがわからなくて、朴先生が通訳して下さるのが助けの糸。ありがたい助けのおかげで、対談、講演をさせていただきます。

ともかく一路ソウルのホテルへ。その日は、ソウルに金《キム》京《キョン》子《ジャ》夫人のいらっしゃる東京の麻生芳仲氏や、ＮＨＫ山本修平ディレクター他、カメラマンお二人などと落ち合い、早くから横になって休みました。

翌日は板門店。次つぎと訪れる人波のなか、「望拝塔《マンベタプ》」と刻んだ石碑を仰いで、どんなに数多くの民が、この南北隔ての関を乗り越えて自由に行来したいか、思わずにはいられません。それこそ、途中で渡れなくなる橋がすぐ北に在り、皆さんがそこへ行って、また帰ってみえます。

私も渡ってみました。なんと、民衆が手作りしたという木の橋、長い歳月に木目《もくめ》が浮き立っています。しゃがんで木目を撫でながら「自由の橋」と名づけられた思いに涙しました。

行きたい。行けない。もう向うは北の国……臨津江《イムジンガン》のそばには、堤に添ってずっと鉄条網が張られていて、鉄砲を持った米兵が、二人一組となって見張っていました。

その後、三・一独立運動発祥の地パゴダ公園で、一九一九年三月一日、当時の日本軍支配に抗して立ち上った人びとの姿が、大きな彫刻になって並んでいて、そして犠牲者の塔。日本がどんなに朝鮮半島、朝鮮民族を苦しめ、殺してきたか、身に沁みます。新たに問われます。南北分断はやはり日本残酷支配が基本。

尊敬する詩人、高銀《コウン》先生のお宅へも伺い、久しぶりにご夫妻と抱き合いました。立派なお作品、そしてご行動。書籍山積みのお仕事部屋で対談。よろよろの私は高銀先生、朴先生に両脇かかえていただいて、まさに両手に花。

同志社大学構内に在る尹東柱《ユンドンジュ》詩碑へ朴先生をご案内したことを思いだし、延世大学構内の尹東柱詩碑に連れて行ってもらって、一九四四年、ハングルで詩を書いたために日本官憲に逮捕され、二七歳で獄死した心身清らかな詩人を偲びました。その後「反戦・平和のために」と題したつたない講演をし、質問も受けました。

「石原慎太郎をどう思いますか」と訊かれて、「私はあんな無礼な考えは許せません。自国日本の加害侵略の事実を知るべきです」と申しました。

日本が戦争に傾かないようにと。

（二〇〇四年一月）

〈座談会〉日本のなかの朝鮮

井上秀雄
上田正昭
岡部伊都子
林屋辰三郎

『日本のなかの朝鮮文化』第二号、一九六九年

上田　この前、司馬遼太郎さん、金達寿さん、村井康彦さんとご一緒に「日本のなかの朝鮮」というテーマで、日本の近世までの歴史のなかで朝鮮がどういう意味をもっているのか、というようなことを話し合いました。今日はそれを受けて、古代を中心に話し合いたいと思います。

林屋先生は古代、中世、近世全般にわたって広く仕事をしておられますが、とりわけ芸能史の側から東洋の楽舞について、たいへん興味深い研究をしておられる。できましたら、そういう観点からも問題を出していただければと、わたし個人の希望としては持っているわけです。

岡部さんは『芸術新潮』に「女人の京」というのを連載していらっしゃいましたが、そのトップが前回の座談会にもさかんに出ました桓武天皇の母である高野新笠《たかぬのにいかさ》だったですね。それから今の連載が「やまとの女人」で、その第一回がやはり漢氏《あやうじ》とつながりの深い善信尼だったと思います。

岡部さんのお仕事にも、朝鮮文化が日本の文化のなかでどういう役割を果たしたか、とくに女性の立場から非常にするどい指摘がなされています。そこで気づかれたことなど自由に話していただきたいわけです。

井上さんは朝鮮史を専攻しておられますが、とくに日朝関係をめぐる新しい歴史学のあり方について、いろいろな提言をなさっています。朝鮮史の立場から、日本のなかの朝鮮文化をどうとらえるべきかというようなことを、井上さんとともに考えてみたいと思うのです。

何からでもけっこうだと思いますけれども、まず林屋先生から、話のかわきりをお願いしましょう。

『高麗笛考』の誤り

林屋　日本と朝鮮の関係ということですと、どうしても歴史的な日本と朝鮮との関係であっても、のちの、とくに明治以後の関係が考え方の前提となりやすいわけです。そういう点で、古代の日本と朝鮮を考える場合は、後世の日朝関係という視点にこだわっては、本当の姿がなかなか浮かびあがらないんじゃないか。日本と朝鮮という関係は、海峡を一つへだてて非常に密接な関係をもっていますので、日本の文化もやはり朝鮮にはなにがしかの影響を持って本は朝鮮文化の非常な影響を受けていますし、日本の文化もやはり朝鮮にはなにがしかの影響を持っていただろうと思います。そういう点では、先入観を持たないでやらなければならないだろうと思うわけです。

ところが、これからわたしがお話しようと思うのは、一定の先入観を持って今日まで日本と朝鮮の関係をみてきたために、非常に大きな古代史上のあやまりをおかしている点がうかがえると思うことです。

それは日本と朝鮮とを考える場合に、比較的、日本と地理的に近接していたという理由で、百済《くだら》の文化というものを重視して、北朝鮮、北方の高句麗《こうくり》の文化に対しては、まったく否定的な見方をしている。そういう大きなあやまりをおかしている。これはどういうことかといいますと、やはり日本の明治以後の大陸政策と非常に大きな関係がありまして、大陸では北方へ行けば文化がだんだんおとろえていく。要するに北は文化の果つるところであって、シベリアなどは非常に文化のおとったところだという一つの先入観がある。従って、それに近い高句麗というものも文化的には百済、さらに新羅《しらぎ》よりおちるという先入観があった。これは学術調査としては非常にいい仕事をなさった『満鮮地理研究』の白鳥庫吉《しらとりくらきち》先生、津田左右吉《つだそうきち》先生、ああいう大先学のなかにも宿っていたのではないかと思います。

今、上田先生から日本の楽舞について関連してお話があったわけですが、一番典型的な例は、日本に伝来した高麗笛《こまぶえ》ですね。それについて津田先生は『高麗笛考』というたいへん立派な研究をしていらっしゃいますけれども、それは内容的にはきわめて実証的なのですが、非常に大事な点が間違っている。

それはどういう点かと申しますと、日本に伝来した高麗笛というのは七声音階でありますが、その当時ふつうは五声音階であって、高句麗などに七声音階が存在したと思われぬ、という言葉で、直接の伝来を否定されるわけですね。その「思われぬ」というのは、津田先生の研究にはよくでてくるわけですよ。それで、非常に精密な研究ですけれども、その点になると実証ぬきの独断です。

これは、日本では高麗笛というけれども、朝鮮の楽舞がいったん中国を通った時期に、音階上の複雑な音色を出しうるようになったので、正確にいえば中国製の高麗笛であるというのです。

あの論文は、内容的には今申しましたように非常に実証的に書いておられるのですが、一番大切な高麗笛の起源というもののところで、独断的に中国を引き出しておられるわけです。

しかもこれは、日本の楽舞の伝来に関連して、すべてすぐれたものは朝鮮に出発したものでも、中国を通して入って来たから立派になったんだと説明しております。これは非常に大きな間違いじゃないかと、わたしは思っております。

なぜかと申しますと、よく楽舞の伝来関係をみていきますと、三国楽、ようするに新羅、百済、高句麗ですが、三国楽という形で、日本にかなり早くから、はっきり入っているわけです。

ところが津田先生は、少なくとも高句麗に関するかぎり、『日本書紀』の記載でさえも、みな否定的にみるわけですね。非常に文献的な操作をなさっている方でありながら、高句麗の文化に関するかぎり、一定の先入観のために否定的な見方をされるというあやまりをおかしていらっしゃるわけです。

実は、そういうことが最近の、高句麗文化が日本にいかに大きな影響をおよぼしていたかということが、だんだんあきらかになっていきつつあります。たとえば、寺院の伽藍配置なども、従来の百済式だといわれていたものが高句麗に起源があるということが、飛鳥寺の発掘などによって、ようやくあきらかになってくるということなどです。

わたしはそういう点で『日本書紀』がかなりくわしく書いておる高句麗関係の記事は、やはり信頼してもよろしいと思っています。中国に対してはやむをえないが、朝鮮に対しては文化的に優位に立ちたいというような、なにか非常に誤った考え方が基礎にあったように思われます。

これは今後の研究であれば、日朝関係はまったく対等な形で考えることができるようになったわけですから、朝鮮文化に関しては根本から、視点からあらためていく必要があるだろうと思うのです。


上田　高句麗の芸能に関して興味深いお話をしていただいたのですが、たしかに日朝関係の歴史を研究する上で、戦後、新しい観点がでてきたとはいうけれども、依然として、古代の朝鮮というと、まず百済の文化、その次に高句麗、そして新羅という程度で考えていたわけですが、今もお話にあった飛鳥寺の発掘調査でも、高句麗の寺院様式の影響が明確になったし、それからこの前もちょっと話に出ました樫原廃寺《かたぎはらはいじ》の寺院跡も、これも高句麗寺院との関係がはっきりしてきましたですね。

そういう発掘成果によっただけでも、南だけの関係でなくて、北の文化とのつながり、そういうものが十分考えられると思うんです。

それから高麗楽《こまがく》ですね。これも天平勝宝四年の四月の例の大仏開眼供養会のときも、日本の楽舞が終わると唐楽、高句麗楽とつづくわけで、そしてベトナムあたりの林邑楽《りんゆう》の演奏となります。高麗楽が、朝鮮の楽舞（三国楽）を代表するものとして奏されています。

この場合にも、なぜ高麗楽が重視されるようになったのか、考えてみなければならないと思うんですが、そういう点、井上さんどうです。

井上　わたしも先生のおっしゃるとおりだと思いますが、ただ今のわたしの関心は、時期的な問題なのです。たとえば古墳のなかの装飾などですね。慶尚道では今のところ高霊しかないんです。五世紀の段階というと、高句麗の軍隊が新羅を占領しているんです。そういうことの経過を考えますと、高句麗の文化がだいたい六世紀に日本へ来るというのは、きわめて順調な経過なんです。けれどもひとつひとつ、はっきりわからないんです。というのは途中の新羅文化で切れているところがあり、高句麗文化導入の問題が、積極的な研究を進められないでいるのです。

それから百済の問題が日本でやかましくいわれたのは、『日本書紀』の記事が五五七年欽明天皇一八年までを、百済関係の資料でおさえてしまっているんですね。しかもほとんど、まるうつしだと思うんです。百済側の主張は、『日本書紀』に採用されるけれども、新羅とか任那《みまな》というのは、とりあげられないものだから、ごぞんじのように、非常にまがった形でその前に持って来るんですね。

高句麗の問題は当然、百済、新羅を通じて入っているんですから、そのなかにあるはずなんです。たとえば、天日槍《あめのひぼこ》伝説なんかに出てきます賤《しづ》の乙女の日光感精の伝説なんていうのも、あきらかに北方系のものですね。高句麗のものなのですが、そういうものが非常に事実とは遊離したような形で、『日本書紀』に入ってくる。だから日本のなかでは、『日本書紀』を中心にものを考えますから、百済が日本と非常に密接なんだということを、日本史の方はどうしても言ってしまうと思うんです。

わたしが一番問題だと思うのは、仏教が入ってまいります前後に、ですから六世紀ですわね、高句麗の問題は非常に重大なので、古墳でも、今のはなしの寺院でも、むしろ百済なんかよりも顕著な事実があるわけなんです。これはその時に大量に入ったのか、もうすでにいろんな形で入っておったのが、たまたま今のものとして六世紀に集中して出てくるのか、その辺が問題ですけれど、とにかく高句麗の問題をぬかしていることは基本的な間違いですね。

林屋　高句麗のものというのは、わたしは向うでも特殊な珍しいものが入ってきていると思うんですよ。こんどの樫原廃寺の八角塔なんてものは、日本でもめずらしいわけですけれども、もちろん高句麗でも相当特殊な信仰を背景にして、そうざらにあるものじゃない。それが日本に入って来ているということは、関係の深さが、いっそうつよく考えられると思うんです。

だから、樫原廃寺がこんど保存されることになったけれど、あれがすぐに一般的な高句麗文化というものではなくて、高句麗のなかでも特殊な文化なんだということを、もうちょっと言っておいた方がよいと思いますね。

上田　有光教一《ありみつきょういち》先生の話では、高句麗寺院跡の調査はまだ十分ではないが、樫原廃寺との関係も注目される清岩里《せいがんり》廃寺跡の発掘結果は、貴重なものですね。

井上　とくにわたしは、文化というのは何か全体の川が流れてくるように、ずうっと流れてくるものじゃなくて……。

上田　ミックスされてね。複合のなかに独自の光が輝く。

井上　ええ、求める方も、与える方も特殊なものといいますか、きわだったものを与えるのが、今だってそうですね。ありふれたもののよりは、自分の持っているもののなかで一番良いもの、代表的なものを与えるものじゃないでしょうかね。

今来の女人

上田　岡部さん、どうでしょうか。岡部さんは、自ら京における今来《いまき》の女人であるとおっしゃっているわけですが、今来の文化のなかには、百済だけでなくて、高句麗、さらに新羅などもある。それらをふくめて日本に与えた朝鮮文化の役割をどう考えられますか。

仏教はもちろんですが、文字とか、技術、さらに政治などと、朝鮮文化はわが国土に非常に大きな意味を与えているわけですが、善信尼のことをお書きになって、今来郡《いまきごおり》、つまり高市郡《たけち》においでになったときの印象あたりから、お話していただけたらと思うんですが。

岡部　わたくしは先生方と違いまして、学問的にはゼロなので、先生方のおはなしを伺っていると、自分がいかに何も知らないかということがわかるんですけれども、たとえば今の高句麗の話ですが、書紀にあらわれている感じですと、高句麗は悪いやつと、変な言い方ですけれども、いつも南のくにをいじめているくにだというふうな印象があります。好意的に書かれていないわけですわね。

わたくしは林屋先生のご本で、飛鳥寺の遺構が高句麗様式であるということを拝見して、そのときにびっくりしたんです。

やっぱりそのとき、そのときの、国と国との関係によって、歴史はめちゃくちゃに変わっていく。

そういう意味で、朝鮮のなかにおいてさえ、本当に正しい朝鮮の歴史はありえたかと。それがとくに日本に移ってきた場合、日本側は百済と密接な間柄だったために、高句麗を必要以上に敵視している。本当の意味で素直に入って来ていないということは、素人ながら思うわけでございます。

ただわたくし、『芸術新潮』の「女人の京」、それからその続き「やまとの女人」というふうなことで、これはわたくしが求めたテーマで書いているのですけれど、仏教伝来以前のやまとの女人から、本当は書きたかったんです。ところが、それは存在がどこか、あやふやなんですね。そして一つは、そこにもののゆかりがあって、そのゆかりをわたくしのへたな写真にとって、それにたくして書かねばならないという一つの約束がありますのでね。それに一度書いたものは、できたら避けたくて、結局、仏教渡来以後の出発になってしまいました。第一に善信尼、司馬達等《しばたっと》の娘で嶋《しま》といって、日本で最初の尼さんになった少女の話から書きはじめたわけです。

それを書いていて、つくづく感じるのは、それまでもたくさん朝鮮から人は渡来しているはずだという、そのことですね。何か、仏教公伝によってはじめて仏教文化が日本に来たというような錯覚を持っていましたけれども、そうではなくて、もはやすでに日本の土地に生きて、日本の人になっている朝鮮の人がね、それまでの歴史の間にどれだけたくさんあったか、ということを実感として思うわけです。

それでね、そういうことを考えると、今さら日本と朝鮮ということ自体がね、こういう対照的に考えていること自体の不思議さみたいなものが、たまたま日本という国に住んでいるから日本人といわれているだけであって、それが逆に日本の人が朝鮮に住んでいて、朝鮮の人になっていることがたくさんあるというようなことで、いつもそのところで本当のことは非常に重い、部厚い層で沈んでいるんだという気持がするんです。

善信尼はわずか一一歳で出家をする、ま、今のわたくしたちの尼になるということから考えますと、仏教を信仰してというよりも、何か不幸があって、それから心のやすらぎをうるためであったり、家が貧しくて、他にどうしようもないので尼さんにでもなればということで尼にやられるというようなことがあります。

そういう尼意識と全然違って、明治の開国のときに津田梅子さんたちが少女なのにアメリカに渡った、そういうモダンなね、時代の尖端といいましょうか、最高峰の新知識にあたいする少女。すばらしい開拓者でしょう。でも善信尼がたまたまそうであったのは、善信の尼を生み出した、ま、お父さんが達等であり、お兄さんがこれまた僧になった多須奈《たすな》であるわけですけれど。

それまでにも相当古い時代から朝鮮文化をちゃんと持って、しかし日本に調和をし溶けこんでくらしていた、そういう先祖たちの力にみちびかれて出現した一つの結晶だという気がいたしますんですよ。

倭王の上表文

上田　たしかにそういう点は、たとえば弥生時代以後の歴史のなかにもみいだせますね。これは有名な話ですが、四七八年の倭王武の上表文です。倭王武は雄略天皇ですが、中国の王朝へ提出したというあの上表文なんかでも、実際執筆したのは倭の地に居住した朝鮮半島からの渡来系の人でしょう。

　前に、四二五年には司馬曹達《しばのそうたつ》という人が倭の使節として中国へ派遣されたりしていますよね。あの上表文を書いた人は、やはり朝鮮から倭へ移住して、日本の文化に寄与した人が書いたものと思われます。上表文のなかにある「甲冑《かっちゅう》を擐《つらぬ》きて山川《さんせん》を跋渉《ばっしょう》」などという表現は『春秋』や『毛詩』なんかにある文句から借用したもので、かなり高度の知識で書かれている文章ですね。あれを単純に倭の政府が書いたものだというのは、おかしいんじゃないかという気がします。

　話がややかたくなりました。高麗笛をかわきりにして、古代における日朝関係の再評価が問題になったと思います。書かれざる歴史を、もっとみつめる必要があるわけですね。『日本書紀』だけで古代の日朝関係を考えるのではなくて、そこにうずもれている歴史があるんだということに関しては、だいたいみなさんの意見が一致したのではないかと思います。

　前おきはこのくらいにしまして、自由にお話を展開していただきましょう。

井上　今、上田さんのお話で、『日本書紀』の功罪があると思いますので、わたしの知っていることをちょっとだけ話しますが、『日本書紀』でさっき申しました百済三書というのは、最後の『百済本記』だとは一応つきとめたのです。

『百済本記』について

上田　百済三書というのは『百済記』『百済新撰』『百済本記』ですね。

井上　そうそう、おそらく他の本もそう違いはないと思うけれども、ちょうど百済でいいますと、六世紀後半の威徳王代に非常に大きな外交の転換をやるんです。それまで日本との関係を持ちながら、新羅に対抗しようとするんですが、日本の方はいっこうらちがあかないんで、ただし、もう一つ前提で申しておきますが、当時、日本とか朝鮮と申しましても、まとまったかたちでそれほど明確ではなかったと思うんですね。ですから九州の豪族とも、あるいはすぐ向い側の慶尚道の地方豪族とも、それぞれいろんな関係があると思うんですね。

それで、ま、こまかいことは抜きにいたしまして、欽明天皇一九（五五八）年頃に大きな転換をやりまして、百済の方が中国側に外交の主流をむけてしまうんですね。それで三十年ほどはたいした人も日本に来ていない、外交使節としては。

ところが推古五（五九七）年に王子阿佐《あさ》が来るころになりまして、百済は高句麗と新羅とにだんだん追われるわけですね。そこでふたたび外交方針を転換しまして、日本と、この場合の日本は大和朝廷ですね。大和朝廷ともともと非常に密接なんだといって、外交交渉をはじめるため、いろいろ大和朝廷の喜びそうなことをするんです。今まで袖にしておった外交を何とか再開しようと、そのために実際にありもしない任那日本府を作り出したりするのも、そのいい例なんです。もっとも任那日本府の実態は、何らかの形であったと思いますがね。

そういうものはみな大和朝廷にひっつけて、何か日本に関係のありそうなことは全部かつて大和朝廷とわれわれはこれだけ密接な関係なんだと、しかも相手の高句麗とか新羅は今攻められている最中ですから、こんなに悪いんだと例証したり、さらに強調したりするわけです。王子阿佐か、その前かどちらかと思いますが、その使節がこの『百済本記』を持って来まして、国交再開を要求しているわけです。

ですから、それをそっくり借りてきて『日本書紀』が編纂しちゃってますからね。日本と朝鮮の国際関係が、百済に都合のよいところだけが露骨に出ているわけです。だからそれを全部割引いてその関係を考えないと、『日本書紀』から事実が浮かんでこないのです。それが今までやられなかったんじゃないかと思います。

上田　『百済本記』そのものの性格というものを、もっとはっきりさせなければならないというわけですね。

井上　そうなんです。だから事実それらしいものを全部、百済に有利なものにしてしまうわけです。そして大和朝廷と関係ありという形で叙述してしまう。ですから混乱はその辺からおこっているんじゃないかと、ぼくは思っているんですが。

だから、書かれざる叙述という問題なんですけれど、日本と朝鮮の関係で、日本側が求めていたものは終始一貫して、朝鮮の持っている高い文化をどうやって求めようかとしているのです。

これは政治的にもかかわりのあることですけれど、直接には文化の導入なんですね。だから小さい子どもでも、そういう点では、先進的ないわば時代の尖端をきる喜びは持っていたんだろうと思うんですね。ましてて、自分の先祖の土地であるとすればね。

檜隈寺の雨

岡部　だから、のちに善信尼も百済へ戒《かい》を学びにまいりますね。物部の反対による法難にあって、街頭で法衣をむしりとられて、おしりをたたかれたりしますけれども、あの悪にも強い蘇我馬子が、その少女を大事にしますね。やはりそれは知識というか、教養というか、あこがれ、自分にはわからないものを覚えて、持って帰ってくれる使命を持った人への尊敬だったと思うんですけれど。

檜隈寺《ひのくまでら》のあとへまいりましたときは、雨が降っておりまして……あのあたりは今でも飛鳥らしい、一番飛鳥らしいところで。ちょうどそこでお祭りがありまして、宮司さんにお祭りのはなしをきいていましたら「このあたりを今来《いまき》の郡《こおり》と申しまして」って(笑)。

たとえば、聖徳太子のなくなったあとに、妃の橘大郎女《たちばなのおおいらつめ》が太子のいる世界をしたって天寿国繍帳をつくりますね。それをつくらせた人は橘大郎女ですけれども、実際にそれをつくったのは漢人であり、高麗人ですね。

その人たちは、いったいどういうところに住み、どういうふうな生活だったのかなと、それをしのんで。つまり飛鳥文化の一番集中的な、一種の工芸村だったと思うんです。そういうところを訪ねていったわけです。

そこに新しい技術を持った人たちがたくさん来たので、今来の郡といったんでしょうけれども、そこが宣化《せんか》帝の住居の跡になっているんです。

そこでわたくし、宣化帝はどういう人かよく知りませんが、ここに住んだ朝鮮出自のお母さんか、あるいは奥さんか、愛人か何か濃い縁があったのではないかと、ずいぶん記録に注意したのですが、わかりませんの(笑)。

住まいのあとが檜隈寺になったということで、大きな礎石があって、それからちょっと北にかたむいていましたが、美しい十三重の石塔がございましてね、雨にぬれてその色が美しく出て、人気もなくて、たいへん気持がよろしゅうございました。

今は阿知使主《あちのおみ》を祀った於美阿志《おみあし》神社となっています。やはりその当時の、実際に絵をかいたり、染めたり、縫ったりですね。今みましても天寿国繍帳は美しゅうございますもの。あんなモダンな、今の風俗といっていい風俗ですね。あの青い瓦の家で。男の人が真赤な洋服を着て。

「その赤い洋服を着て蓮華の花の上に立っているのが、太子のつもりではないでしょうか」なんておっしゃっていましたが、その当時の真赤な衣裳の男の人を蓮華の上にのせて、それを天寿国だとしている。

つまり後世のように、妙に現実離れのした、さとりすました極楽浄土ではない姿ですね。それがまことに新鮮で、色が何ともいえない美しい色ですし、モダンな図案ですし、そういうふうな今つくったって立派なものだと思いますけれども、そういうものがすでにそこでつくられていたというよろこびを、静けさと対照的に生き生きと感じました。

上田　最近、末永雅雄《すえながまさお》博士らを中心に発掘された。何か発掘されたそうですね。

――ええ、実はこの間新聞記事をみまして行ったんです。今は十一重しかありませんけれども。

岡部　上がなくなっていますね。

――そこから、舎利を入れた器が出てきたんで、それを調査したら、朝鮮から渡来したものというふうな新聞の記事だったんです。それで行ったんですけれども、この日はちょうど工事をしてましてね。それから末永博士のところまで行ったんですが、舎利入れのそれはまだ調査中とのことでした。

上田　一部の考古学者の間では、平安末まで下るんじゃないかといわれていますがね。しかし、いずれにしろ檜隈寺は今来の漢人《あやひと》（韓人）たちのゆかりの寺であったことは、たしかでしょう。

蘇我氏なども、あのあたりを拠点にして漢人の力を利用してゆくわけですが、蘇我氏の政界進出のバックには、朝鮮半島から来た人たちの技術、あるいは技術のみならず広い意味の政治知識ですね、そういうものがささえになっていたんですね。このことは否定できないでしょうな。

林屋　文献の方もなんですけれど、だんだん考古学的な発掘が進んでくるにつれて、出てくるものの出てくるものが朝鮮関係のもので、いままでよりも、いっそう朝鮮につながっている面の多いことが知られてくるわけですね。そういう意味では、遺物で実証されてくる状況ですね。

広隆寺の原型

井上　岡部さんの話を伺っていて、飛鳥をみていただいた眼でね、朝鮮をみていただくと、ぼくらみたいにまわりくどい証明をしているよりはね。わたしもびっくりしましたのは、これはおととしあちらへ行ったときのことですが、田んぼの中に例の広隆寺なんかの原型だといわれている慶州、皇竜寺のあとですけれども、稲が刈ってあって、そこに真四角な石塔の台石に四面仏がほってあるんです。それが田んぼのなかに、ほおってあるんです。石ものがたくさんありますね。

岡部　いいところだそうですね。いつでしたか梅原末治先生の撮ってこられたスライドを拝見しておどろいたのは、近江の石塔寺ですね、朝鮮のスライドに同じ塔があるんですよね。

林屋　それはありますよ(笑)。

岡部　それで九輪の部分だけ違うんですよ。相輪は、きっとあとで日本風のをくっつけたに違いないと思うんですよ。あれがたいそう調和をはずしていますね。塔だったら九輪をつけないといけないように考えて、後世の人がつくったに違いないと思うんですよ。むこうのそのスライドをみますと、まっすぐの針のような線が、すっとたっているんですわ。

林屋　かっこいいですね(笑)。

岡部　はい、非常にシャープにたっているんです。天をさして、その方がよほどきれいなんですよ。

慶州と飛鳥

井上　ものをみてますと、飛鳥へ来ているのか、朝鮮へ行ったのか忘れてしまいますよ、ものをみるかぎりにおいては。それほど飛鳥、白鳳までの段階、あるいは天平でも、ほとんど違わない、たとえば有名な石窟庵なんかになりますと、全体の姿などは天平のものそっくりですよ。

岡部 そうですか。

上田 朝鮮のなかの日本……（笑）、日本のなかの朝鮮ばかりじゃなくて、朝鮮のなかの日本という面もあるかな（笑）。

井上 いや、それは逆だと思いますがね（笑）。

——飛鳥寺に入りますと、小さい立札がありますね。ここに立って眼をはなつべし、朝鮮の慶州に酷似していると、あそこのお住職さんが書いたんですね。何十年か前に、それは京大のある先生の書かれた文章のなかにあって、それを引用させてもらったというんですがね。

井上 似ていますね。

岡部 いいところだときいていますわ。

井上 しんどいですけれど、田舎にお入りになると、それこそ仏教伝来以前からの関係というのが、ぼくは説明はようしませんけど、こんど行って肌に感ずることだけはできたと思うんですがね。

岡部 そうするとやはりそこに住み、あそこを故郷にしていた方たちは、きっと飛鳥を大事に、好きだったでしょうね。

上田 そうでしょうね。

井上 帰って来ましてね、五万分の一地図を買って来てあわせてみたんですよ。そうすると、飛鳥と枚方と、ずっと生駒山系によく似ていますね。

上田 なるほどね。そうすると枚方の百済寺なんかの景観も、似ているというわけですね。

井上 あの辺の地理的条件というのは、非常によく似てますよ。

上田 この前、司馬さんと話したときに『故郷忘じがたく候』という作品に感動したことをのべたのですが、やっぱりそうでしょうね。漢氏のひとたちにとっても、まさに故郷忘じがたく候ということでしょうな。

林屋 やはり故郷に近い風景というものを、このんだでしょうな。たとえば、京都にいた貴族が地方へ下って小京都をつくった。そして東山やら、鴨川やらその景観の似たところに住みついたと同じような心情があると思うな。

岡部 そうでしょうね。それで先生、飛鳥寺の場合ですけれども、高句麗の影響をうけて伽藍がたてられ、そういたしますと飛鳥寺におさめられている飛鳥大仏なんですけれど、どちらかというと、そういった傾向の濃いものがあるんですね。

林屋 そう、北方からの道でしょう、北魏形式ですからね。

岡部 だから百済観音の場合の印象と、飛鳥仏とその二つのもの。

林屋 そうですね。大陸の北部の北魏（北朝）から来る高句麗系統と、大陸の中部の北斉、北周（南朝）から来る百済系とね。前者が法隆寺の釈迦、薬師三尊など止利仏師の名で知られる重厚な作品で、後者が広隆寺、中宮寺の弥勒が代表する柔和な作品ですね。ほとんど相次ぐ同じ時期ですけれど、かなり印象がちがいますね。

もう少しさがった時期には南北朝を統一した隋の系統が入ってくる。兵庫県の鶴林寺の聖観音なんかそれにあたるわけですね。

岡部 そうですか。あれはこちらでできたものではなしに……。

林屋 いや、こちらでできたものだけれど、形式的に隋様式ですね。

岡部 ああそうですか。

ほんとうのことを

林屋 だから、飛鳥時代にちょうど三つの系統があるわけです。それで隋様式だけがちょっとおくれて直接に入るのですが、他はすべて朝鮮経由です。

岡部 そうですか。広隆寺の弥勒さままでしたかしら、仏像を書かせてもらっていたときに、朝鮮の朴さんとおっしゃったと思うんですが、美しい女性がね、自分たちの先祖がこんな美しいものをつくって日本の文化を高めたのに、今の日本人はそういうことを思いもしないで、なぜ差別をするのかといって、わたし、せめられたことがあるんです。弥勒に感動する一方で、その母国を見くだす。

たとえば高野新笠ね、千年の平安京を定めた桓武天皇は、朝鮮出自の母の子なんだということを知っている人は、まあ少ないんですね。そういった歴史がその後、明治からの偏見にみちた教え方にあるのでしょうけれど、歪んでね。

ほんとうのことを、もっとほんとうに教えていたらね。やっぱり本音のいえる社会というのは守らないと。今でさえまだ本音のいえないような、あたりまえのことをいうのに、妙に命がけみたいなことを考えなければならない。それはやはり困ると思うんですよ。もっともっと、そういうことが常識でなければならないでしょうに。

上田　明治九年の江華島事件以後、政府は国民の間に朝鮮蔑視観を意識的にうえつけていった。そのわざわいが侵略と結びついて「日鮮同祖論」という形で出てきたわけですね。その場合は対等の日朝関係ではなく、日本あっての朝鮮という関係になっていたのですね。

そうした態度が最初にも指摘されましたが、日朝文化を論ずる、あるいは研究する際の先入観となっていた。それが白鳥博士のような、あるいは津田博士のような方々においても、あやまりをおかすひとつの背景になっている。

その点では内藤虎次郎先生の『日本文化史研究』の立場は、かなりはっきりしていますね。

林屋　そうですね。

上田　たいへんな名著だと思います。平野神社の神が今来の神だと、ズバッと書いておられますね。

学者の姿勢

林屋　やっぱりその頃の学者の姿勢があってね。満鮮地理学研究という、そういう植民地的な研究にのって行く人と、そうでなく新聞記者という社会の木鐸を任じてやって行く人と、ちょっと違いますね。

上田　満鉄の調査室の仕事の中心に、白鳥さんがおられた。その弟子が津田さんだから、やっぱり植民地経営のなかでの研究になりがちですね。

林屋　それは、そうとう日本の朝鮮満州研究に大きなかげをつくったね。

上田　そう、そう。研究自体のなかには注目すべきものもあるけれども、全体としては……。

林屋　研究そのものはいいんですけれどね。姿勢が悪いですよ。

上田　だから仕事のなかには、かなりいいものもありますけれど、出発点がそういうところにあるから、どうしてもそれにわざわいされて……。

林屋　だから、地名考証なんかはいいですよ。

上田　かつての日本の歴史教育のなかで、朝鮮が出てくるところといえば、侵略史として出てくるわけですよね。日本がいかにして朝鮮を併合して行ったか。古いところでは、神功皇后の「三韓征伐」みたいな。これもずいぶん問題があって、史実性はたいへん疑問なんですがね。そういう形で出てくるわけですね。

だから六六三年の白村江《はくすきのえ》のたたかいで敗けるんだけれども、それが逆うらみになって、当時の貴族の朝鮮蔑視観みたいなものを育ててゆく。それが『日本書紀』編纂のなかで、強く出てくるといえるでしょうね。古代貴族の危機意識のようなものが、『日本書紀』では非常に強いですね。

差別意識の問題ですが、古い時代には、そういう差別観みたいなものはほとんどない。ところが、これは前の座談会で言ったかもしれないんですが、八世紀になると、やはり古代貴族の意識のなかに出てくるのですね。たとえば唐は大唐で、新羅は蕃国であるとそういう考え方が法の表現のなかにもある。

しかし、そういう意識はあくまでも貴族の意識なんであって、一般民衆のあいだではそういう差別意識というものはなかったですね。どうしても支配者の書いた歴史とか、支配者のもった差別意識がね、日本人に定着しているために、そこからすべての民衆がそうであったように考えやすい。そういうところにも、今までの文献中心の歴史学の弱点があるんじゃないか。

だから万葉集なんかをみましても、新羅の尼さんで理願《りがん》さんっていう人が来ているわけですが、この人が亡くなったときにうたった大伴坂上郎女《さかのうえのいらつめ》の歌なんかも、国境をのりこえたものです。その死を悲しむ心というのは、まさしく人間愛の発露であるわけですね。そういうものを、もっともっと発掘していくことが必要じゃないんですかな。

林屋　朝鮮人に対する、とくに帰化している朝鮮人に対して差別の意識が出てくるというのは、白村江が敗けたそれ以後ですね。敗けてかえって朝鮮から撤退して来て、その裏がえしみたいな形になって出てくる。それぐらいからですね。

上田　そうです。

岡部　わたくしはね、そのすぐれた先人たちのつくった文化の、のこされているものをみてね、それはやっぱり朝鮮から来た文化には違いないんだけれども、もう、わたくしたちの文化だとしか思えないわけです。日本の文化として、うけとめているわけです。

渡来の上は結婚し、子供を生み、われわれだってその子孫ですわ。天皇家自体もそうだし、まして貴族、一般庶民にね、当然になってきているんでね。その当然さを誰も何も言わないのかとわたしは思うんです。

だから、ありがたいことに、先ほどの朴さんに叱られましたこともね、わたしはたしかにこれは朝鮮からの技術導入だけれども、わたしたちは、もう同じものになっているはずだと思うんです。それがいつまでたっても、千年を越して、千三百年を越してもなお、別のものとしてとらえているということが、何か不思議でしてね。

――そういうことだろうと思いますけれど、たとえば九州の窯跡などをたずねますと、行く先の立札に豊臣秀吉の「朝鮮征伐」のおりというふうに書いてあったり、立札にかぎりませんが、書物などにも「三韓征伐」などとあったりで、おやおやと思うわけです。これは郷土史家とか、そういった方がたが、案外と無意識のうちに見落としているのではないかと思いますね。

上田　なるほどね。

林屋　それはたいへん気分が悪いですね（笑）。

小麦姫のこと

岡部　自分もその子孫なのにね。その子孫が、また新しい境界をつくっているわけですね。われわれ自身、もっと自覚がなければならないと思うんですが。

そういえば平戸へ行きますとね、そうすると今おっしゃった「朝鮮征伐」のときに、むこうの藩主が小麦畑にかくれていた朝鮮のお姫さまを拉致してつれて帰ってきている。そして小麦さまという名をつけて大事にする。その小麦さまの伝説があるわけです。

ところが、それはあくまでも小麦さまの話になってしまっている。小麦さまは結婚したわけですから、あるいはその子孫がいて、その人はその人で終わったわけでないかもしれない。だのに何もかもが、そのときつれて帰って来た小麦さまのことだけ、それで終わりです。何というか、断絶意識ですね。そういう断絶がいたるところにある。

井上　明治以後、たしかに支配階層がそういう教育をしたんですが、ところが日本の外国観といいますか、それがずいぶん働いていますね。最初はやはり任那とか加羅といっていますね。漢《あや》とか秦《はた》とかいうのは、咸安とか金海とか日本に一番近いところから出発しているようなんですが、そこが文化の導入口だったわけですよ。

だから、一番高い文化が加羅の文化だったわけですよね。それがこんど百済に移動するんですね、そうすると前のものをすっかり否定するんですね。そして隋唐が中国を統一して、これと直接交渉するようになると、中国がいいんだということになるんです。このために逆に、朝鮮の問題がおろそかになるんです。

そして律令時代になって、華夷思想が入ってくると、在来の思想と結合して、外国のなかにランクをつけはじめるようになるんですよ。それが国際的な差別意識の根源だと、ぼくは考えているんです。

侵略思想とヨーロッパ文化

井上　明治以後は侵略と同時に、それを裏づけるものとして、ヨーロッパ文化、これが外国文化のなかの第一等なんだとして、もう中国は古いんだということになります。まして、それよりも低い朝鮮は、というふうにランクをつけてね、だから非常に根強いんですよ、指導がね。単に言葉として理解するんじゃなくて、外国が並列的にあるんじゃなくて、上下に序列的にあるんだと、長年教え込まれているんです。だから子どものあたまのなかには、ちゃんと定着してしまうんですよ。

だからそういうふうに定着してしまうと、事実なんか、受けつけなくなってしまうんですね。だから英語はやらなければいかんけれど、朝鮮語や中国語は不用だという形で、あらゆる生活のなかに入ってしまうんです。

上田　つまり中国の中華夷狄《いてき》の思想みたいなものが、日本の古代貴族の間で再生産されて、朝鮮が蕃国視される。だが阿片戦争の頃から中国すなわち中華という考えも、ぐらついてくる。

やがて日本の近代化のなかで朝鮮や、中国が蕃国視される。そこで福沢諭吉の脱亜論みたいに、アジアは駄目なんだ。後進国だとする風潮が強まって、ヨーロッパと結びつこうとする。そういう対外観になってくるのですね。

井上　それで教育の仕方が知識でやろうとするでしょう、おのれにかえってくるんだという教育をやらないから。歴史は昔あった話なんだと。自分に直接かかわりがないんだと、そういう教え方をするものだから、小麦さまでも、どこかへ行ってしまって、それが一つの話としてね。

貴族の民衆差別

林屋　差別の問題で一つ残っていると思うのはね、古代ではそういう朝鮮の人たちを差別するとかね、そういう民族的差別の仕方というさきにね、もっと大きな点は、貴族が労働賤視の考え方が非常に強いわけです。

だから技術者であっても、これは別に朝鮮の人であるとか、中国の人であるとかという考え方じゃなくて、日本のなかの貴族の労働賤視、民衆差別というものが、まず先にあるわけです。

そのなかで一番主体になっているのは何かというと、技術的な労働、とくに手工業生産というものに密着している中国、朝鮮からの帰化人というところに入っていくわけで、だからたてかたとしては先の国内の貴族の民衆差別の方が先で、それがあとで政治的な情勢がからみあって、朝鮮人に対する差別というふうに転化してくるという、そういうものですね。

だから最初はやっぱり、そんなに帰化人というものを差別的な眼でみていない。今来って言葉なんかは、むしろあったかい意味があるわけですよ。

岡部　そう、それは歓迎の意味があると思いますよ。貴族の労働差別というのは、血の問題以前の重要なことですね。

上田　ですから、帰化という言葉が実際にはっきりしてくるのは、大宝令七〇一年以後なんであって、それ以前には帰化人という意識は、もちろんないわけですね。『古事記』や『風土記』などで、はっきり渡来の人と書いているわけです。

古代日本における文化受容のパターンからいっても、外から来るものは排除しない。それはまさに今来であった。今来こそあらたに幸いをもたらすものであって、新しくやって来た人びと、それはむしろ歓迎すべき人であると、そういう意識が強いですね。民衆の間では、差別はないのに、貴族のなかでは支配の手段としてそれを利用していく。そういう面が七世紀後半ぐらいから、だんだん強くなってくるということですね。

井上　どうも国際関係からみますと、律令制の問題が中心になりませんか。

だからああいうふうに型をきめてしまうことによって、両方とも対立感情が出てきます。朝鮮の場合でも出てきます。この場合、新羅ですね。そしてぼくも林屋先生と同じことなんだけれど、こんな見方をしているんです。

新撰姓氏録の場合、その三分の一も蕃別として出すということは、これは貴族ですからね、貴族からみればまさに下級貴族で、貴族のなかのいやしいもの。ところが、民衆の側からみればやはり貴族ですよ。そうすると、それが三分の一もいるというんですね。これがまたおかしな話なんで、最低一五〇年以上たっているんですから、もうその気があれば、どこかへもぐりこめるのが、そのままがんばっているということは、新しい技術をもたらすものとして、民衆のなかでは貴族としてうやまわれている。貴族の側からみれば、あかんのだと。

そういうことを端的にあらわしているのが、新撰姓氏録のような気がするんですが。

岡部　何人も何人も、妃にあがっているわけですしね。当時の貴族だって、あらそって縁を結んでね。実力者でしょうね。

林屋　日本のそういう部落差別と関係させながら出てきたもんでしょう。

岡部　大化改新あたりから、賤民と、良民が出てくるでしょう。その賤民というのはさっき先生がおっしゃった労働蔑視の……。

林屋　観点からですね。だから奴碑とよばれる賤民階層のなかには、帰化人はいないわけですよ。

上田　賤民のなかにはいない、いわゆる渡来系の技術者は良民ですね。そこが大事です。

林屋　また雑戸というかたちで、戸籍を特別に作成するという関係がありましたので、それを取り上げて明治以後の歴史家が賤民的差別にひっかけて差別を強調してきた。しかし、雑戸がすべて帰化人ではありません。だから、まったく学問のゆがみからきたものですね。

上田　林屋先生、ここらへんでどうですか、祇園社の話を。

祇園祭の由来

林屋　それは京都というところの歴史を語ろうとすれば、京都盆地全体が朝鮮帰化人の集団的居住地みたいなものです。おそらくその時期、今来の人がすぐに田園の場所に住みつくというのはなかなか困難で、京都みたいな湿地の多いところに定着して、そこを自分の力で開発していったんだと思うんですよ。大堰川の話にしてもみなそうだと思うんですけれど。

　わたしは八坂神社もね、もとは八坂の郷に定着した、高句麗系の八坂造《やさかのみやつこ》の氏神で、祇園祭の根源をいえば、帰化人の祖先のお祭りに始まったといえるんじゃないだろうかということです。

上田　京都、つまり山城の開発は、『古事記』や『日本書紀』にみえている例の国ぼめの歌、「千葉の葛野を見れば、もも千足《ちた》る家庭《やには》の秀《ほ》も見ゆ」という歌がありますけれど、山城葛野地域の家むらのにぎわいをもたらした力というのは、山城の深草あたりにいた秦氏とか、太秦《うずまさ》の秦氏とか、あるいは山城南部の高麗氏とかね、そういうような人たちの力が京都をひらかれたくににしたわけですね。

　京都の文化というのは、古くから開かれた文化だった。山にかこまれた盆地のなかにあるけれども、淀川、さらに木津川、賀茂川、あるいは桂川（保津川）とつながっているわけです。大和からみれば、やまのせだから山背なのだけれど、それは決して、とざされたくにの文化じゃないわけです。

開かれたもののエネルギーは、このところに住んだ朝鮮の人たちの力をぬきにしては考えられない。それは長岡京にしたって、平安京にしたって、秦氏がみんな関係しているわけですからね。ですから京都における歴史のあけぼのを語るさいには、朝鮮の人たちの開発をぬきにしては語れないと思いますね。

林屋　京都の歴史の第一巻には、上田さんにそこをうんと書いていただかないと（笑）。

井上　ついでにもう一つ書きそえてもらいたいのはね（笑）、京都の地形というのは本当に似てますよ。

岡部　まあ、そうですか。

井上　これは日本の国家形成と朝鮮の国家形成とを、同じに考えてはいけないと思っているんです。とくに任那地方ですね。慶尚道の地形が日本とずいぶん違っているんです。

日本の国家形成は、平野に出ていくんですね、奈良盆地でも。ところが慶尚道は平野がないんです。だから全部、谷間に発展していくんです。その谷間のなかで国家形成がなされていくんですが、日本と慶尚道とでは生産の基盤がどうもかなり違うんじゃないかと思うんです。

だから、いわゆる帰化人といわれている人たちの住みついている地方の地形は、大豪族が占有しているところとは、かなり違うんですね。それがどうもみな慶尚道に似ているんですよ。

民衆側の自分

林屋　わたしはまた、日本で多少とも開発された地域は、たいてい帰化人が居住していたと思います。近江の愛智《えち》ね。依知秦氏の居住地でしょう。

だから、おそらく日本の古代国家は、何というか政策的に土木技術をもって来た人たちを、できるだけ未開発の湿地などにどんどん定着させて、その力でそこを開発していく、そういう形で国土開発をやっていったんで、重要なところは、ほとんど朝鮮帰化人によって開発されていますね。彼らがすぐれた技術を持っていたからですね。

上田 だから文化の面というと、たとえば仏教とか、学問とか、あるいは思想とかいうことだけで評価しがちだが、日朝の関係を見直すためにも、その技術における貢献、とくに土木技術なども考えなければならないでしょうね。

岡部 行基《ぎょうき》なんかでもね、結局、その技術がありますからねえ……。

上田 行基の先輩の道昭なんかでもそうですね。土木の技術などは、今までの日朝関係史を語るときには、とにかく支配者の物質的基盤になったんだという面しか説かれないけれども、それだけでは不十分なんで、あらたに入って来た土木技術が、民衆の生活を非常に高めていった。そうして、民衆の力が強まることが、貴族を動揺させていくわけですからね。

そういう役割をしているんだという点、民衆の側からみた日朝関係史の解明が、まだまだ不足している。そういう観点は、郷土史関係なんかでもまだまだ不十分です。さきほどの立札の話、あるいは観光案内の話など、いわゆる中央史観にもとづく間違った歴史意識で郷土の朝鮮史跡を語るときは、そうしたあやまりをおかすことになるわけですね。

中央史からだけじゃなくて、地域史、民衆史のなかで日朝関係史をあきらかにしていくことが必要でしょうね。

岡部 自分の問題ですからね。

上田、井上 そう、そう。

岡部 それが、ちっとも自分の問題になっていないわけですね。

上田 みずからの問題として考えるということですね。日朝の問題を自分の問題として考えることが必要だということになります。

井上 形式的な研究の方法は、科学的だということと、自分がその問題をとりあげる態度、あるいは心がまえと申しますか、一番基本になるものがね、自分の問題だということと、なかなか結びつかないんですね。だから研究の方法の方にひかれちゃって、それで科学的だということで安心してしまって、自分の問題とはなれていってしまうんですね。

上田　そういう芽はね、ぼくは江戸時代なんかにもあったと思うんですよ。

最近たまたま新井《あらい》白石《はくせき》の論著の口語訳をしなければならないことになって、白石の『古史通』と『古史通或問《わくもん》』を訳したわけですが、江上波夫先生なんかが言いだされた騎馬民族説みたいなもののはしりが、十八世紀のはじめにあるんですよ。

白石も倭人辰王後裔説、馬韓由来説、これを紹介しています。

その当時、唱えられた学説として、馬韓を倭人の故郷とする説を八つばかり紹介しながら、自分の意見をのべているんですけれども、そうした研究がなぜその後続かなかったのか。そして「日鮮同祖論」みたいな形にすりかえられてしまったのかということ、これはやっぱり日本古代史を考えるうえでの重要な問題点だなあということを、しみじみ思ったんです。

今までのお話で、改めて古代の日朝関係を考える場合には、誤まれる先入観をたち切って、自分自身の問題として、史実にそくしてその交流をみつめることが大切だと実感します。書かれざる歴史、うずもれた歴史を再発見すること。それは支配者の側にたったのでは不可能であって、民衆の側から見直す必要が、いろいろとだされたと感じます。

いわゆる中央史ばかりでなく、地域史についても、さらにそうした観点で掘り下げてゆけば、いろんな新発見がきっとあるに違いない。そうした仕事にも、この雑誌が役立つことを願って、本日の座談会を終わりたいと存じます。

どうもありがとうございました。

〈跋〉よろこびの虹——岡部伊都子さんのこと

朴 菖熙

岡部伊都子さんのお名前を知ったのは、大邱《テグ》の獄中でだった。

私は、一九九五年四月某日、夜半、国家安全企画部の捜査員により突然連行され、南山の地下室で一八人にも及ぶ担当者により、まる二〇日間、取り調べられた。拷問にかてなかった私は、いつの間にか国家保安法の下で北のスパイに仕立てられてしまった。ほんとうは、朝鮮動乱の際、行方不明になったすぐ上の実兄の生死をなんとか確認したいものと、在日の先輩に頼んで、安否を問う手紙を渡したというだけの「罪」だったのだが。無期が求刑されたが、三年半の刑確定で大邱矯導所(刑務所)に収監されたのである。

ある日、私の無罪釈放運動にたずさわっていた京都在住の教育家金鐘八《キムジョンパル》さんから、『岡部伊都子集』(岩波書店、全五巻)の差しいれを受けた。金さんはきっと、私が一連の韓日民間交流活動をすすめていたことを私の娘から聞きおよび、岡部伊都子さんの著作を読ませたかったのだろう。

韓日問題をふくむ多様なテーマに満ちた随筆集を手にした私は、著者についての自分の無知がとても恥ずかしかった。

日本文学の素養のすくない私にも、文中の用語と表現が艶々しく、きっと、著者には独自の文学世界があるに違いないと思えた。なかでも、韓日関係や歴史、そして在日の問題については、新しい日本人の感覚と論理が、そこでは研ぎすまされて展開していた。

読みすすんでいるうちに、再三読みかえしたのは、「古都慶州の街をチマ・チョゴリを着て、赤い花のゴム靴履いて歩いてみたい」というくだりだった。私は胸がドンドン鳴って、自分でも、唐突で失礼ではないかと気になりながらも、岡部伊都子さんに初の手紙をしたためた。

「慶州へおいでの節はぜひ私にご案内させてください。そのうち出獄しますので、他にとくべつな先約者がいないようでしたら、私にお願いします」

お返事がとどいた。

「喜んでそういたしましょう」

私は飛び上がって喜んだ。私は今、夢のなかにいる。夢を抱くことができたのだ。

獄中のある日、微熱があって感冒にかかりそうになった。座ってはつらくて寝こむようになった。そのときふっと、それまでの岡部伊都子さんの書信のあたたかさが、心身に伝わってきた。

これまでもときどき、私が学んだ一橋大学のときの恩師、上原専禄先生と西順蔵先生の面影が浮かび、お声が聞こえてくることがあった。私のこのような敗残の様子をお知りになれば、いかばかりお心を痛められるだろうか。私は拷問が恐い自分の不甲斐なさを噛みしめながら、そのご心配をかけないためのにも、気力を持ちなおしたりしていた。

ちょうどそのような感情と重なって、私がこのまま寝込んでいれば、岡部伊都子さんに心配をかける、私の心の持ち方如何が、あの方の細胞一つ一つに影響を与えるのだと思うと、不思議とにわかに気力が湧き、これではいけない、元気を出すんだと撥ね起きた。

熱も下がったようで気持が爽快になり、顔色がよくなったようだ。囚人仲間たちは、私の変化に驚いていた。

岡部伊都子さんの熱い、真情溢れる激励に、私の獄中生活は大きく支えられていた。そして『小説 東医宝鑑』（李恩成著、拙訳『許浚』桐原書店、二〇〇三年）の翻訳作業を、念には念をいれてすすめていった。それが岡部伊都子さんの愛される日本語に、私なりに微かなりとも寄与できるかもしれない、と思ったからだ。

九八年、金大中政権の実現と釈放運動のおかげで、私は赦免され名誉回復ができた。

九九年春、京都の金鐘八さん宅に着くと間もなく、岡部伊都子さんがわざわざおいでになった。涙が溢れでるのを、自分でも押さえられなかった。

二〇〇四年二月まで、私は京都で延べ一年間、在留し、岡部伊都子さん宅をなんども訪ねた。

ふつう、岡部伊都子さんはご自分を加害の女と規定し、死なれた婚約者、木村邦夫さんへの贖罪に生涯をかけているように見なされてはいないか。しかし、やはりそこにはある屈折があるだろうし、ご本人の自己規定に「まどわされ」てはならないと思う。体制にたいする、単なる怨みや悲しみなどではなく、真剣に対決する姿勢を、時にはびっくりするほど鋭く、直截に示されるからである。

つぎの告白を読んで、私は、なるほど岡部伊都子さんは深い内面では憤りつづけてきたんだとわかった。さらに、木村邦夫さんの憤りをも同時に燃やしつづけているのであるから、岡部伊都子さんは、つねに活火山のような憤りを噴出していたのである。

……五十回忌ですべては終るそうですが、まだ彼を戦地に送った加害者、私は生きています。生かされている限り、どこまでも亡き彼の憤りを燃やしつづけるのが当然でしょう。

……悲しみではない。木村が戦争で死ぬことを見逃し、その死を名誉と思わざるを得なかった自分に対する憤りなのです。

（「真の独立・コスタリカ」、『大法輪』二〇〇二年八月号）

ところで、この憤りはどのような理によって処理され、そして正しい方向へと噴出されるというのだろう。岡部伊都子さんは、それを真実という理で示した。もし、あのとき自分が体制側によるウソの自分になっていなかったとすれば、つまり真実（木村さんのように――）をとらえていたならば、自分にたいし憤ることはなかったわけである。それゆえに、二人の憤りを晴らしていく道は、真実を貫いていく以外に道はないということになるだろう。こうして岡部伊都子さんは、歴史における真実を探し求めて「祖流」の概念を創った、と思われる。

「祖流」という言葉は『広辞苑』には見当たらない。しかし岡部さんは、「祖流」をつぎのように使われる。

京都というところは、朝鮮半島から渡来してきた方がたの技術とか、宗教とか思想とか、すばらしい造形、そういう歴史的現実をもってつくられた町です。／だいたい桓武天皇という天皇のお母様、オモニが高野新笠。そのお方の出自が百済でした。それだから、わたしはいつも言うているのです。日本は朝鮮民族の流れを引き継いでいるのだということを。／京都の祖流は朝鮮半島です。朝鮮民族には、どんなに感謝していいかわかりまへん。（傍点は筆者、「〈講演〉朝鮮のみなさまへ」）

この文には、客観的事実認識の問題と抒情の感性の問題が、融けあっているように思われる。一つの例をあげたい。伊藤博文らは、王仁博士による漢文伝来を賞賛して上野公園内に石碑を立てたが、王仁の故国を無惨に亡ぼした。

岡部伊都子さんは謝恩・謝罪の問題が、両国の歴史関係においても当然生きいきと顕われるべきだとする。これは正しく民衆の日常生活上の生活倫理や抒情の感性のあらわれ方と一致するといえよう。つまり、おかげさまで、おせわになりました、ごめんなさい、どうもすみません、などの日常的生活語が、そのまま歴史事象とかかわって使われるのである。「ごめんなさい」の表現が戦後処理とか歴史認識の上で通用しないものにしているのは、抒情の感性を切りとっているからである。だからかつて、日本の新聞には漢字が大見出しとなって、中国へ恣《ほしいまま》に侵入できたのである。

岡部伊都子さんの「祖流」は、結局、その思想＝根元から生れ出た新芽であって、われわれがともに注目しなければならない概念だと、私には思われる。

岡部伊都子さんのお引き合わせにより、私は多くの方とお会いできて、その人たちがいかに誠実に、熱心に、人間の真のあり方について悩みつつ反戦平和のために闘っていられるかを確かめた。

たとえば、岡部伊都子さんのご紹介で、私たち夫婦は沖縄へ行って、東本願寺開教本部麻生透さん、音楽家海勢頭豊さん、佐喜眞美術館館長佐喜眞道夫さん、そして詩人高良勉さんと会えた。私たちは巨大な軍事基地をかこつ沖縄の問題が、東アジアの平和と未来の幸せにいかに深刻であるかを実感して京都へ戻った。

また岡部伊都子さんのお引き合わせで会えた論楽社の虫賀宗博さん、上島聖好さん夫妻の誘いで映画「武器のないコスタリカ」を観たが、これは沖縄の人たちによって製作されていたのである。それは日本本土、そして南北韓（朝鮮）や中国などアジア、そして全世界に発信した反戦平和の切実な叫びだった。私たちが沖縄に行って実際になにほどかの体験をしたので、この映画は実感をもって観ることができた。

そして私などは、南北韓（朝鮮）は将来、永世中立化により、民族の自主独立と東アジアの平和が確保されるものと思ってきたものだが、コスタリカに対する岡部伊都子さんの観方は、それだけに私などにとって重要だった。

民主国というのは一体何なのでしょう。私は積極的に国中あげて非武装中立をかかげて生きるコスタリカの独立に学びたく思います。（中略）真の独立国コスタリカを尊びます。

（「真の独立・コスタリカ」、『大法輪』二〇〇二年八月号）

二〇〇〇年六月、岡部伊都子さんは編集者の高林寛子さんに支えられて、来韓された。光州民主化運動二〇周年にあたり、犠牲者の追慕塔に参拝されるためだった。私たち夫婦は金海空港でお二人をお迎えし、まず慶州へ寄った。ホテルで岡部伊都子さんは、私たちがお贈りしたチマ・チョゴリを着られた。ほんとうに喜ばれた。私たちも幸せだった。

光州の、高く聳える追慕塔を仰いで、香をたき合掌する炎天下の岡部伊都子さんの姿は、一九八〇年八月金大中救命のための京都四条河原町でのデモ、そして、徐勝・俊植兄弟釈放のための活動、さらに私などの釈放運動の延長線上での祈祷だった。

二〇〇三年秋、岡部伊都子さんは二度目に韓国を訪れた。仁川空港では『シカの白ちゃん』をハングルの訳文で読んだ姉弟が原著者をお迎えした。ソウルでは歓迎委員会が構成された※。

講演は「反戦・平和のために——日本良心の絶叫」のポスターで知らされた。

ハンギョレ新聞では、特別インタビューをして一面を割いた。取材の記者に強烈な印象を与えたのと、インタビュー内容が読者にとってきわめて重要な意味があると判断したからであろう。

解放後、韓国においてこのように日本人に大きな紙面を割くことは、初めてではなかっただろうか。岡部伊都子さんの反戦平和の思想は、すでに韓国に上陸したのである。

ある日、岡部伊都子さんのお宅で、ふだん私がいだいていた理想を告白した。虹のことである。

自然の虹はすぐに消えてしまいます。しかし、人間が作る虹は、その人間たちのあり方如何で、とこしえの虹にもなれるのではないでしょうか。韓国（朝鮮）と日本の間にも、その虹がかけられたらと思います。

すると岡部伊都子さんは、たちどころに答えられた。

それを、「よろこびの虹」というのですよ。

（パク・チャンヒ／大阪経済法科大学アジア研究所客員研究員）

二〇〇四年春

※高銀（詩人）、朴炯奎（民主化運動記念事業会理事長）、白楽晴（市民放送理事長）、徐俊植（元人権運動サランバン代表）、梁順任（太平洋戦争犠牲者遺族会名誉会長）、廉武雄（民族文学作家会議理事長）、李山（国際平和民間交流協会事務局長）、李仁哲（元ハンギョレ新聞論説委員）、李在徹（韓国児童文学会長）、イム・ジェギョン（元ハンギョレ新聞副社長）、池明観（翰林大学翰林科学院日本学研究所長）、崔元植（仁荷大教授）、玄基栄（韓国文化芸術振興院長）、朴菖熙（元韓国外大教授）

あとがき

この『朝鮮母像』の校正をしながら、いまさらに胸痛い自分の無智と、不徳を痛感せざるをえません。何度も何度も、繰り返して書いている実感……そのあいまいな過去が、私の正体です。

あらわれてくるのは、否応ない日本の歴史、古代からのさまざまの教えをうけているのに、一九一九年以来、歪んだ強制で日本の植民地政策に苦しめられてきた朝鮮半島の朝鮮民族、そして三十八度線の分断、そして在日とされた方がたの悲運――「自分がその立場だったら」そう思いつつも、当時の日本の軍国主義的皇民教育を叩きつけられていた私が、情けなく思い出されてなりません。

もうどうしようもない今日までの姿。

その私が、一九五〇年代からごく最近まで、朝鮮・韓国に触れて書き重ねてきた文章の中から三七篇と、二〇〇三年の韓国での講演までが、この本に編集されています。

また、京都で「高麗《こうらい》美術館」を創られた鄭詔文《チョンジョムン》氏の『日本のなかの朝鮮文化』社誌（一九六五年三月創刊）の第二号に載った座談会も、ここに再録されています。

上田正昭先生はじめ、なつかしい先生がたのお話によって、どんなに多くを開眼させていただいたことでしょう。けれど身体虚弱、無学歴で、心も弱い私は、未だに正しく勁《つよ》い展開ができていないと思います。

そんな私が、二〇〇〇年、二〇〇三年と二度にわたって韓国までまいることができました。その土地に立って、その空気を吸い、空、雲、木、草すべてに宿る存在感に包まれる感慨が、理解を生み、情念を育ててくれます。

そして韓国での朴菖熙《パクチャンヒ》先生ご夫妻のように、行くさきざきで、土地の学者先生がたや、現実を体験した人びとと相見る喜びが、大切な出逢いでした。

これを書いている時に、「イラクの武装集団に人質とされた三人の日本人」について、さまざまな点がニュースされています。何としてでも、お命を守りたい。「イラクへの派兵反対！」してきた者のひとりとして、至急に政府の正しき処置を願います。

「真剣に、お命救って下さい！」

カバーには、書名にもなった赤松麟作《りんさく》氏の「朝鮮母像」の原画を使わせていただきました。ありがとうございました。

熱く、鋭いご文章をお寄せくださいました朴菖熙先生、深い思いのこもった扉画をお描きくださいました玄《ヒョン》順恵《スンヒエ》様、また実感溢れる岡本光平様の書名の字をいただきありがとうございました。

高林寛子様、今回も編集・構成をお手伝いいただき、厚く深く御礼申し上げます。

藤原良雄社長様、山﨑優子様はじめ藤原書店の皆様、ありがとうございました。

二〇〇四年四月一一日

岡部伊都子

追記

四月一四日から、沖縄へまいりました。

平穏なニライカナイ竹富島で、三邦人の解放を伝えきき、島の人びととともに喜び合っています。

いのち、魂、解放の自由……。もう拘束や対立、敵視ではない人類を創ってゆきたいと、世界中の人びとが願っているのではないでしょうか。（二〇〇四年四月一七日）

出典一覧

Ⅰ　朝鮮母像

桃の節句　『言葉のぷれぜんと』創元社、一九五八年
叡知のひと　『みほとけとの対話』淡交新社、一九六五年
下駄の音　『秋雨前線』大和書房、一九七二年（「知らなかった朝鮮の心」を改題）
〃妓生観光反対！〃　『こころをばなににたとえん』創元社、一九七五年
真の美　『あこがれの原初』筑摩書房、一九七五年
差別と美感覚　『あこがれの原初』筑摩書房、一九七五年
高貴な匿名の書　『小さなこだま』創元社、一九七七年
黄の屈辱　『小さなこだま』創元社、一九七七年
鏡の主体　『小さなこだま』創元社、一九七七年
琉装とチョゴリ　『小さなこだま』創元社、一九七七年
朝鮮母像　『暮しの絵暦』創元社、一九七九年
しばられし手の讃美歌　『ふしぎなめざめにうながされて』大和書房、一九七九年
敬愛を抱いて　『ふしぎなめざめにうながされて』大和書房、一九七九年

Ⅱ　鳳仙花咲く

光よ、蘇れ　『鬼遊び』筑摩書房、一九八一年
なぜ「征伐」というのでしょう　『紅のちから』大和書房、一九八三年

鳳仙花咲く　『紅のちから』大和書房、一九八三年
半端者のいま　『みほとけ・ひと・いのち』法蔵選書、一九八四年
寒村先生の三項目　『みほとけ・ひと・いのち』法蔵選書、一九八四年
語学の講座　『賀茂川のほとりで』毎日新聞社、一九八五年
てのひらと太陽　『賀茂川のほとりで』毎日新聞社、一九八五年
耳塚墳丘　『賀茂川のほとりで』毎日新聞社、一九八五年
虚空の指　『賀茂川のほとりで　その二』毎日新聞社、一九八六年
「はざま」からの展望　『賀茂川のほとりで　その二』毎日新聞社、一九八六年
美しい術と書きます。美術とは。　『いのち明かり』大和書房、一九八七年

Ⅲ　悲しみを「忘れじ」

本川橋西詰　『賀茂川のほとりで　完』毎日新聞社、一九九〇年
これは、確かに　『賀茂川のほとりで　完』毎日新聞社、一九九〇年
全域をへだてなく　『賀茂川のほとりで　完』毎日新聞社、一九九〇年
ひとりのおいのち　『こころからこころへ』弥生書房、一九九三年
自然な願い　『さらにこころからこころへ』弥生書房、一九九四年
ひっそり死　『さらにこころからこころへ』弥生書房、一九九四年
美に学ぶ　『流れゆく今』河原書店、一九九六年
白磁の骨壺　『水平へのあこがれ』明石書店、一九九八年
筑豊・悲しみを「忘れじ」　『賀茂川日記』藤原書店、二〇〇二年
私のうそ　『大法輪』二〇〇二年一二月
朴先生からの電話　『京都民報』二〇〇三年一月二六日
一対の生き雛への祈り　『京都民報』二〇〇三年三月二三日

韓国に在る思い　『大法輪』二〇〇四年一月

〈座談会〉日本のなかの朝鮮　『日本のなかの朝鮮文化』第二号、一九六九年（「続・日本のなかの朝鮮」を改題）

＊執筆年月がわかるものは、各文末に記した。

著者紹介

岡部 伊都子（おかべ・いつこ）

1923年大阪に生まれる。随筆家。相愛高等女学校を病気のため中途退学。1954年より執筆活動に入り、1956年に『おむすびの味』（創元社）を刊行。美術、伝統、自然、歴史などにこまやかな視線を注ぐと同時に、戦争、沖縄、差別、環境問題などに鋭く言及する。
著書に『岡部伊都子集』（全5巻、岩波書店、1996年）『思いこもる品々』（2000年）『京色のなかで』（2001年）『弱いから折れないのさ』（2001年）『賀茂川日記』（2002年、以上藤原書店）他多数。

朝鮮母像《ちょうせんぼぞう》

2004年5月30日　初版第１刷発行©

著　者　岡部　伊都子
発行者　藤　原　良　雄
発行所　株式会社　藤原書店

〒162-0041　東京都新宿区早稲田鶴巻町523
TEL　03（5272）0301
FAX　03（5272）0450
振替　00160-4-17013

印刷・美研プリンティング　製本・河上製本

落丁本・乱丁本はお取り替えします
定価はカバーに表示してあります

Printed in Japan
ISBN4-89434-390-8

ともに歩んできた品への慈しみ

思いこもる品々

岡部伊都子

「どんどん戦争が悪化して、美しいものが何も彼も泥いろに変えられていった時、彼との婚約を美しい朱机で記念したかったのでしょう」(岡部伊都子)。父の優しさに触れた「鋏」、仕事に欠かせない「くずかご」、冬の温もり「火鉢」……等々、身の廻りの品を一つ一つ魂をこめて語る。[口絵]カラー・モノクロ写真／イラスト九〇枚収録。

A5変上製　一九二頁　**二八〇〇円**
(二〇〇〇年一二月刊)
◇4-89434-210-3

微妙な色のあわいに届く視線

京色のなかで

岡部伊都子

〃微妙の、寂寥の、静けさの色とでも申しましょうか。この「色といえるのかどうか」とおぼつかないほどの抑えた色こそ、まさに「京色」なんです〃……微妙な色のあわいに目が届き、みごとに書きわけることのできる数少ない文章家の、四季の着物、食べ物、寺院、み仏、書物などにふれた珠玉の文章を収める。

四六上製　二四〇頁　**一八〇〇円**
(二〇〇一年三月刊)
◇4-89434-226-X

弱者の目線で

弱いから折れないのさ

岡部伊都子

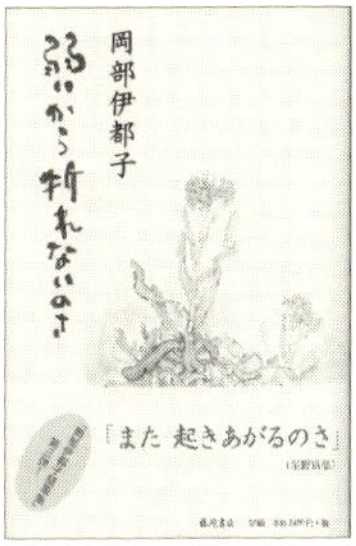

「女として見下されてきた私は、男を見下す不幸からも解放されたい。人権として、自由として、個の存在を大切にしたい」(岡部伊都子)。四〇年近くハンセン病の患者を支援してきた岡部伊都子が真の「人間性の解放」を弱者の目線で訴える。

題字・題詞・画＝星野富弘
四六上製　二五六頁　**二四〇〇円**
(二〇〇一年七月刊)
◇4-89434-243-X

賀茂川の辺から世界に発信

賀茂川日記

岡部伊都子

「人間は、誰しも自分に感動を与えられる瞬間を求めて、いのちを味わわせてもらっているような気がいたします」(岡部伊都子)。京都・賀茂川の辺から、筑豊炭坑の強制労働、婚約者の戦死した沖縄……を想い綴られた連載「賀茂川日記」の他、「こころに響く」十二の文章への思いを綴る連載を収録。

A5変上製　二三二頁　**二〇〇〇円**
(二〇〇二年一月刊)
◇4-89434-268-5

6　**常世の樹** ほか　エッセイ 1973-1974　解説・今福龍太

7　**あやとりの記** ほか　エッセイ 1975　解説・鶴見俊輔

8　**おえん遊行** ほか　エッセイ 1976-1978　解説・赤坂憲雄

9　**十六夜橋** ほか　エッセイ 1979-1980　解説・志村ふくみ

10　**食べごしらえおままごと** ほか　エッセイ 1981-1987　解説・永　六輔

11　**水はみどろの宮** ほか　エッセイ 1988-1993　解説・伊藤比呂美

12　**天　湖** ほか　エッセイ 1994　解説・町田　康

13　**アニマの鳥** ほか　解説・河瀬直美

14　**短篇小説・批評**　エッセイ 1995　解説・未　定

15　**全詩歌句集**　エッセイ 1996-1998　解説・水原紫苑

16　**新作能と古謡**　エッセイ 1999-　解説・多田富雄

17　**詩人・高群逸枝**　解説・未　定

別巻　**自　伝**　〔附〕著作リスト、著者年譜

〃鎮魂〃の文学の誕生

「石牟礼道子全集・不知火」プレ企画

不知火《しらぬひ》

（石牟礼道子のコスモロジー）

石牟礼道子・渡辺京二
大岡信・イリイチほか

インタビュー、新作能、童話、エッセイの他、石牟礼文学のエッセンスと、気鋭の作家らによる石牟礼論を集成し、近代日本文学史上、初めて民衆の日常的・神話的世界の美しさを描いた詩人の全体像に迫る。

菊大並製　二六四頁　二二〇〇円
（二〇〇四年二月刊）
4-89434-358-4

珠玉の往復書簡集

邂逅（かいこう）

多田富雄・鶴見和子

脳出血に倒れ、左片麻痺の身体で驚異の回生を遂げた社会学者と、半身の自由と声とを失いながら、脳梗塞からの生還を果たした免疫学者。二人の巨人が、今、病を共にしつつ、新たな思想の地平へと踏み出す奇跡的な知の交歓の記録。

B6変上製　二三二頁　**二二〇〇円**
（二〇〇三年五月刊）
◇4-89434-340-1

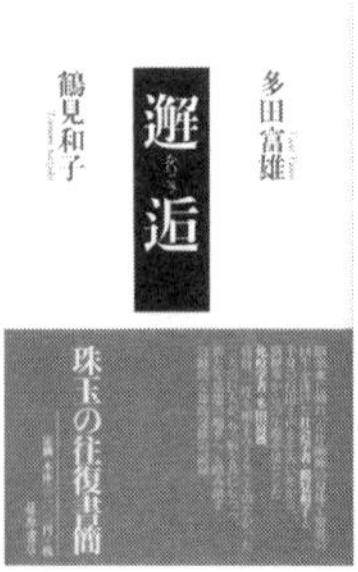

人間にとって「おどり」とは何か

おどりは人生

鶴見和子・西川千麗・花柳寿々紫

［推薦］河合隼雄・渡辺保氏絶賛

日本舞踊の名取でもある社会学者・鶴見和子が、国際的舞踊家二人をゲストに語る、初の「おどり」論。舞踊の本質に迫る深い洞察、武原はん・井上八千代ら巨匠への敬愛に満ちた批評など、「おどり」への愛情とその魅力を語り尽す。

B5変上製　二二四頁　**三二〇〇円**　**写真多数**
（二〇〇三年九月刊）
◇4-89434-354-1

『回生』に続く待望の第三歌集

歌集 花道

鶴見和子

「短歌は究極の思想表現の方法である。」——大反響を呼んだ半世紀ぶりの歌集『回生』から三年、きもの・おどりなど生涯を貫く文化的素養と、国境を超えて展開されてきた学問的蓄積が、脳出血後のリハビリテーション生活の中で見事に結合。

菊上製　一三六頁　**二八〇〇円**
（二〇〇〇年二月刊）
◇4-89434-165-4

伝説の書、遂に公刊

歌集 回生

鶴見和子

序・佐佐木由幾

脳出血で斃れた夜から、半世紀ぶりに迸り出た短歌一四五首。著者の「回生」の足跡を内面から克明に描き、リハビリテーション途上にある全ての人に力を与える短歌の数々を収め、生命とは、ことばとは何かを深く問いかける伝説の書。

菊変上製　一二〇頁　**二〇〇〇円**
（二〇〇一年六月刊）
◇4-89434-239-1